Jörg Czyborra
Ochsentour

Vom Autor bisher bei *KBV* erschienen:

*Ochsentour*
*Sennefeuer*
*Sennewölfe*

**Jörg Czyborra** wurde 1956 in Mülheim an der Ruhr geboren. Sein Vater brachte ihm die ersten Griffe auf der Gitarre bei. Seither begleitet die Musik sein Leben. Nach der Ausbildung zum Bankkaufmann und diversen Stationen in Handel und Industrie war er zuletzt in der Buchhandlung seiner Frau als »Assistent der Geschäftsleitung« tätig. Heute wohnt er in Oerlinghausen, dem westlichen Zipfel von Lippe. Wenn er nicht gerade schreibt, literarisch-musikalische Vorträge konzipiert oder mit seinem Freund Joachim H. Peters an neuen Kabarettprogrammen bastelt, genießt er mit seiner Frau den wohlverdienten (Un-)Ruhestand.

In seiner Krimireihe um Christian Kupery verarbeitet er zahlreiche persönliche Erlebnisse aus seiner Wahlheimat Lippe.

Jörg Czyborra

# OCHSENTOUR

Lipperland-Krimi

1. Auflage 2022
2. Auflage 2024

© KBV Verlags- und Mediengesellschaft mbH, Hillesheim
www.kbv-verlag.de
E-Mail: info@kbv-verlag.de
Telefon: 0 65 93 - 998 96-0
Umschlaggestaltung: Ralf Kramp
unter Verwendung © szaboerwin - adobe.stock.com
Lektorat: Volker Maria Neumann, Köln
Druck: Druckhaus Nord GmbH, Bremen
Printed in Germany
ISBN 978-3-95441-631-8 (Taschenbuch)
ISBN 978-3-95441-641-7 (E-Book)

# PROLOG

2. Juni 2014

I ch hasse Montag!« Mit diesem Gefühl trottete Peter Michalsky etwas langsamer als gewöhnlich über den Schotterweg zu seinem Arbeitsplatz. Für die einladende Heidelandschaft und das satte Grün der Bäume auf der Hügelkuppe hatte er am Morgen noch keinen Blick. Der Pappbecher in seiner Hand war nur halb gefüllt mit schwarzem Kaffee. Das würde nicht reichen, um seinen inneren Motor auf Touren zu bringen.

Es war der Montag nach Vatertag. Peter war einer Tradition folgend am Donnerstag mit Freunden unterwegs gewesen. Ausgestattet mit einem alten Bollerwagen und einer Kiste Bier zogen sie los, getreu dem Motto: Der Weg ist das Ziel, und die Kiste muss leer werden. Der Weg führte sie wie jedes Jahr an seinem Arbeitsplatz vorbei, der Sandgrube im Süden von Oerlinghausen. Das Plateau oberhalb der Grube hatte sich zum beliebten Partytreffpunkt unter Jugendlichen entwickelt. Die meisten von ihnen waren noch Jahre davon entfernt, Vater zu sein. Oder auch Mutter, denn es waren hauptsächlich gemischte Gruppen, die hier bei sehr lauter Musik und diversen alkoholischen Getränken feierten.

Nun gut, sagte sich Peter, sollten sie doch feiern, aber ihren Müll konnten sie wenigstens entsorgen! Regelmäßig sah es hier wie auf einer Mülldeponie aus.

Und gefährlich war es auch. Überall standen die gelben Schilder:

*Betreten der Sandgrube verboten!*
*Eltern haften für ihre Kinder.*
ACHTUNG!
*Einsturzgefahr im Bereich der Abbaulinie!*
LEBENSGEFAHR!

Es schien fast so, als würden diese Schilder die Anziehungskraft des Ortes noch erhöhen.

Peter hatte den Radlader mit der großen Schaufel erreicht. Er ließ seinen Blick über die gut zwanzig Meter vor ihm aufragende Wand aus Sand schweifen. Da waren sie, die leeren Wodkaflaschen und die verschmierten Pizzakartons. Er sammelte einige auf, die in Griffweite lagen, und warf sie in ein altes Ölfass, das als Abfalleimer diente. Ächzend erklomm er den Führerstand des Radladers. Eigentlich sollte der große Kipplaster schon bereitstehen. Aber es war halt Montag. Peter startete das Gefährt, und mit sattem Brummen erwachte das Ungetüm zum Leben. Gut zweieinhalb Kubikmeter Sand konnte die Schaufel fassen. Peter fuhr an die Kante und schob die Schaufel in den Sand. Die Schaufel anheben und den Lader wenden erfolgte in einer geschmeidigen Bewegung.

Peter stockte. Aus dem Augenwinkel hatte er im nachrutschenden Sand eine Bewegung bemerkt, die dort nicht hingehörte. Er stoppte den Motor und kletterte rasch aus dem Führerstand. Er musste sich das ansehen und hoffte inständig, dass er sich täuschte. Doch nein, aus dem Sand streckte sich ihm eine feingliedrige Hand entgegen. Mit raschen Bewegungen schob Peter den Sand beiseite, legte Arm und Schulter frei, zog und zerrte daran, bis der Sand den Kopf eines Mädchens freigab. Die Augen verkrampft geschlossen, waren Mund und Nase mit Sand verstopft. Eine rote Haarsträhne schien neben dem Gesicht aus dem Sand zu wachsen. Peter versuchte, einen Puls zu spüren, wusste in seiner Aufregung aber nicht so richtig, wo er den suchen sollte.

Hinter ihm erreichte nun auch der Kipplaster die Ladestelle. Peter fasste sich und zog sein Handy aus der Arbeitshose.

Er rief im Büro an und schrie fast in die Leitung: »Chef, wir haben ein Problem hier. Ich habe eine Leiche im Sand entdeckt.« Das Gespräch dauerte keine zehn Sekunden.

Peter wandte sich danach an den Fahrer des Lasters. »Bleib mal lieber im Wagen. Ist kein schöner Anblick hier, da liegt ein Mädchen.«

Der Fahrer bot Peter eine Zigarette an, die dieser gerne nahm.

»Komm du mal lieber auf den Bock. Musst du auch nicht die ganze Zeit auf dat Mädel gucken.«

Peter umrundete das Führerhaus und setzte sich auf den Beifahrersitz. Er kurbelte das Seitenfenster herunter und blies den Rauch seiner Zigarette nach draußen.

»Das musste ja mal so kommen! Ich sag meinen Kindern immer, das ist kein Spielplatz! Das ist keine Sandgrube für eure Förmchen und Schüppchen.«

»Mann Peter, dat sind doch alles keine kleinen Kinder mehr, die da oben Party machen. Die lassen sich doch nichts mehr vorschreiben!«

Peter schüttelte den Kopf. »Hast ja recht, Kurt. Da bekommst du höchstens noch einen dummen Spruch zu hören. Aber muss denn wirklich immer erst mal was passieren?«

Die beiden Männer schwiegen eine Weile und hingen ihren Gedanken nach.

Eine Staubwolke über dem Schotterweg zeigte an, dass sich ein Wagen näherte. Der Chef kam angebraust, parkte sein Auto neben dem Laster.

»Die Polizei ist schon unterwegs. Weißt du, wer das ist?«

Peter schüttelte nur den Kopf und zog nervös an seiner Zigarette.

Der Chef ging um den Radlader herum und warf einen Blick auf die Leiche. Dann trottete er zu den Männern am Laster zurück und steckte sich ebenfalls eine Zigarette an.

Nur wenig später kam ein Streifenwagen den Schotterweg entlang. Zwei Beamte stiegen aus und grüßten freundlich. Während der Jüngere mit Peter und seinem Chef sprach, sah sich der ältere Beamte den Fundort an.

Als er zu den anderen kam, sagte er leise zu seinem Kollegen: »Jetzt hat die Suche nach der vermissten Melanie ein Ende!«

# 1. KAPITEL

*5 Jahre später*

Tiefgraue Wolken schoben sich über die kleine Stadt, die sich eng an den Tönsberg schmiegte. Von dieser Erhebung im ostwestfälischen Teil des Teutoburger Waldes leitete Oerlinghausen seinen Zusatz »Bergstadt« ab, obwohl so mancher Besucher vergeblich nach einem Berg Ausschau hielt. Die Höhe von 330 Metern, auf der als Wahrzeichen der Stadt ein alter Mühlenstumpf stand, konnte nur Flachlandwanderer beeindrucken. An diesem Vormittag kaschierte der beständige Regen jegliche Schönheit des Ortes. Auf dem nassen Asphalt spiegelten sich verschwommen die Lichter vorbeifahrender Autos.

Ein Meer aus schwarzen Regenschirmen stand auf dem Friedhof dicht beieinander, als sollten die Gräber vor dem Regen geschützt werden. Die Friedhofskapelle war viel zu klein, um den Strom von Trauergästen zu fassen. Für die vielen Besucher vor der Kapelle wurde die Trauerfeier mittels Lautsprechern nach draußen übertragen. Auch eine Abordnung des Schützenvereins stand gut beschirmt bereit, um dem Toten die Ehre des letzten Geleits zu geben.

Erwin Stolten war im Alter von 78 Jahren friedlich verstorben. Ein angesehener Bürger der Stadt. Unternehmer, Schützenbruder, einmal Schützenkönig und in seiner Eigenschaft als Sponsor großzügiger Unterstützer diverser örtlicher Vereine. Das von ihm aufgebaute Unternehmen »Stolten Kunststoffverarbeitung« hatte er erst wenige Jahre zuvor in die Hände seines ältesten Sohnes gegeben. Stolten war zweimal verheiratet gewesen. Mit seiner ersten Frau Maria hatte er einen Sohn und eine Tochter. Karin, seine wesentlich jüngere zweite Frau, hatte ihm noch einen Sohn geschenkt – und im Ort wurde gemunkelt, dass dieses Kind Anlass für die Trennung von seiner ersten Frau war.

Vor der Kapelle entstand Bewegung. Die schwere Holztür öffnete sich langsam, die Schützenbrüder setzten ihre mit langen Fasanenfedern geschmückten Hüte auf und nahmen Haltung an. Auf einem kleinen, mit schwarzem Tuch ausgekleideten Wagen wurde die Urne mit der Asche von Erwin Stolten aus der Kapelle gefahren. Es folgte Karin Stolten, die sich auf den Arm ihres Sohnes Florian stützte. Dahinter trat Michael Stolten, der älteste Sohn, an der Seite seiner Ehefrau Eva und flankiert von deren beiden Kindern aus der Kapelle. Die Tochter des Verstorbenen, Tanja Stolten, verbarg ihre verweinten Augen rasch hinter einer großen, dunklen Sonnenbrille. Sie wurde von ihrer Mutter Maria begleitet. Allein dieser Teil des Trauerzuges würde in den nächsten vier Wochen für ausreichend Gesprächsstoff an Tratsch- und Skat-Tischen im Ort reichen. Die einen würden sich über die Tatsache auslassen, dass Ehefrau Nummer eins Maria der Beerdigung beiwohnte. Die anderen würden das Outfit von Ehefrau Nummer zwei verreißen. Karin Stolten trug an diesem Tag das »kleine Schwarze«, das sehr weit oberhalb der Knie endete. Die hochhackigen, filigranen Schuhe sorgten nicht nur für den Anblick endlos langer Beine, sondern auch dafür, dass so mancher Blick ihr verstohlen folgte.

Direkt neben der Kapelle befanden sich die Stelen für die Urnen, ein kurzer Weg für den Trauerzug. Der Pastor sprach ein Gebet, und die Familie nahm Aufstellung, um das Defilee der Beileidsbekundungen abzunehmen.

Ein kleiner, etwas rundlicher Herr gehörte zu den Ersten, die der Familie ihr Beileid bekundeten. Mit einem raschen Händedruck und einem stummen Nicken eilte er an ihnen vorbei und murmelte kaum hörbar zu Michael Stolten: »Wir hören voneinander.« Sein kleiner Schirm schützte ihn nur unzureichend vor dem Regen, und er beeilte sich, seinen in der Nähe abgestellten Pkw zu erreichen.

Vom Friedhof aus war sein nächstes Ziel eigentlich nur wenige Gehminuten entfernt. Aber nicht bei diesem Wetter, sagte sich Dr. Schreiber, als er seinen Mercedes über die Rathausstraße auf die Hauptstraße lenkte. Er freute sich über den freien Parkplatz direkt vor seinem Ziel und stellte den Motor ab. Wie immer gelang es ihm nicht, noch im Auto sitzend den Schirm aus der Fahrertür heraus zu öffnen, ohne dabei allzu nass zu werden. Er sprang rasch unter das schützende Vordach der Buchhandlung. Wieder einmal erfreute er sich an der wunderschönen Jugendstiltür, die so kunstvoll verziert war. Er verband mit dieser Tür eine große Vertrautheit.

Schon in seiner Schulzeit war er öfter hier hineinge-
gangen, um Hefte und Stifte zu besorgen. Später in der
Oberstufe kamen die Schullektüren hinzu.

Er betrat das Ladenlokal, und der angenehme Geruch
von Büchern und den alten Holzregalen ließ ihn einen
Moment innehalten.

»Guten Tag, Herr Dr. Schreiber. Haben Sie uns dieses
schöne Wetter mitgebracht?«

Susanne Kupery, die Inhaberin der Buchhandlung, begrüßte ihn freundlich und mit einem Strahlen, das im
krassen Gegensatz zu dem scheußlichen Wetter stand.
Hilfsbereit hielt sie ihm den Schirmständer hoch, der etwas versteckt neben der Eingangstür stand.

»Was kann ich heute für Sie tun, Herr Dr. Schreiber?«

»Heute leider nichts, Frau Kupery. Ich habe heute
Morgen mit Ihrem Mann telefoniert, und wir haben uns
verabredet.«

»Ja sicher!« Susanne Kupery wies mit der ausgestreckten Hand auf den Durchgang zum Büro im Hintergrund. »Sie finden ihn im Büro. Den Weg kennen Sie
ja. Und … wollen Sie heute Ihre Frau überraschen? Der
neue Roman ihrer Lieblingsautorin ist eingetroffen. Holen Sie ihn doch gleich bei mir ab, ich habe ihn dann
auch hübsch verpackt. «

»Danke schön. Da wird sich meine Frau aber sehr freu-
en. Bis gleich.« Mit diesen Worten hatte Schreiber schon
den Stufenabsatz zum Büro erreicht. Die Türe war nur
angelehnt. Er klopfte leicht an und betrat den Raum.

Christian Kupery wuchtete sich aus seinem Bürosessel.
Bei einer Größe von 1,95 Meter schleppte er etliche Kilos
zu viel mit sich herum. Wie immer trug er ein schwarzes

Hemd zur schwarzen Jeans. Eine in die Jahre gekommene Lederweste zeigte sich hier und da von einer glänzenden Seite. Ebenso wie das stets kurz getragene, graue Haar entsprang das Outfit keiner modischen Marotte. Vielmehr war es das Ergebnis seiner Bequemlichkeit. Er wollte sich keine Gedanken darüber machen müssen. Seine Frau hatte schon vor Jahren ihre Bemühungen eingestellt, etwas Farbe in sein Outfit zu bringen.

Kupery überragte Dr. Schreiber um mehr als Haupteslänge, sodass der Notar zu ihm aufsehen musste.

Die beiden Männer gaben sich die Hand.

»Hallo, Herr Dr. Schreiber. Bitte, geben Sie mir Ihren Mantel. Der ist ja triefend nass. Wenn ich ihn aufhänge, kann er etwas abtrocknen. Sind Sie etwa freiwillig durch dieses Unwetter gelaufen?« Kupery nahm den Mantel und hängte ihn über einen Bügel an eine kleine Garderobe.

»Freiwillig, nun ja.« Schreiber schaute sich im Büro um. Nicht, dass er zum ersten Mal hier war. Doch es faszinierte ihn jedes Mal aufs Neue die Gegensätzlichkeit, die in diesem kleinen Raum Platz fand. Einem Raum, der nicht einmal halb so groß war wie sein eigenes Büro. Zwei Schreibtische standen an den Längsseiten zusammengestellt und ließen nur einen schmalen Durchgang an der linken Wandseite frei. An der Wand hing mittig ein überdimensionierter Jahresplaner, dessen Kalendarium überfüllt war mit kryptischen Zeichen und farbigen Linien. Weiter zierten etliche Plakate von Buchankündigungen die Wand neben einigen großformatigen Fotos von mehr oder weniger bekannten Autoren. An der rechten Wand war ein hohes Regal mit Ordnern gefüllt.

»Nehmen Sie doch Platz, Herr Dr. Schreiber.« Kupery wies auf den Bürostuhl vor dem ersten Schreibtisch.

Schreiber setzte sich und stellte seine Aktentasche neben sich auf den Boden. Dieser Schreibtisch war ihm sehr sympathisch. Außer Monitor, Tastatur und Maus gab es nur noch eine kleine Schale mit diversen Stiften. Er mochte dieses Aufgeräumte auch in seinem eigenen Büro.

Ganz anders sah der Schreibtisch seines Gegenübers aus. Dort türmten sich Prospekte, Bücher, Zeitschriften und lose Blätter, sodass für die Tastatur und die Maus kaum noch Platz blieb. Der große Monitor wirkte fast wie eine Trennwand, und Kupery hatte an der Rückseite einen Zettel geklebt mit der Aufschrift: *Das Genie überblickt das Chaos!* Offensichtlich war diese Nachricht an seine Frau gerichtet, die ihn wohl gewähren ließ, solange er nicht ihren Schreibtisch auch noch in Beschlag nahm.

In der Ecke des Raumes war ein kleines Handwaschbecken installiert. Daneben stand ein altes Sideboard, auf dem ein chromglänzendes Ungetüm thronte. Dr. Schreiber hatte gehört, dass diese Kaffeemaschine Kuperys ganzer Stolz sei und er die Zubereitung eines Kaffees regelrecht zelebriere.

Er wusste also, dass er das Angebot »Möchten Sie einen Kaffee?« nicht ausschlagen konnte.

Kupery dozierte auch schon, während er vor der Maschine hantierte: »Ich habe da eine ganz neue Bohne entdeckt. Kenia, Hochland. Langsam geröstet, total bekömmlich. Sie werden begeistert sein.«

Schreiber konnte nicht antworten, denn das Mahlwerk der Maschine machte gerade einen gehörigen Krach. Als die richtige Menge gemahlener Kaffee in dem Siebträger war, drückte Kupery mit einer Art Stempel das Pulver fest.

»Wissen Sie, es ist von maßgebender Bedeutung, das Kaffeepulver mit dem perfekten Druck zu verdichten. Nicht zu stark und nicht zu schwach.«

Ein Knopfdruck noch, und mit einem gemäßigten Brummen floss der Kaffee in die Tassen. Kupery reichte eine Tasse an seinen Gast, ohne Milch oder Zucker anzubieten. Er konnte sich einfach nicht vorstellen, dass man diesen Kaffeegenuss irgendwie verfälschen wollte. Dann nahm er hinter seinem Schreibtisch Platz und stellte seine Tasse vorsichtig auf einen Stapel Papiere.

»Nun, Herr Dr. Schreiber, was führt Sie zu mir? Kommen Sie als Notar oder als Rechtsanwalt? Oder wollten Sie einfach nur mal wieder einen richtig guten Kaffee genießen?«

Schreiber hatte nur kurz am Kaffee genippt. Er nickte anerkennend und stellte die Tasse gleich wieder ab.

»Wie Sie wissen, komme ich direkt von der Trauerfeier für Erwin Stolten. Ich hab Sie dort gar nicht gesehen.«

Kupery winkte ab. »So gut kannte ich ihn nicht.«

Schreiber nahm seine Aktentasche auf, öffnete sie und holte eine Akte hervor. »Ich möchte, dass Sie etwas für mich recherchieren. Sie haben mir doch bewiesen, wie gut Sie sich in der digitalen Welt bewegen können.«

In seinem langen Berufsleben war Kupery schon früh mit EDV in Berührung gekommen. Er hatte miterlebt, wie die ersten Bildschirmarbeitsplätze installiert wurden, konnte sich an Festplattenspeicher in der Größe eines Kühlschranks erinnern und zitierte gerne die Tatsache, dass die Rechnerkapazität der Mondlandefähre Apollo 11 nicht ausreichen würde, ein heutiges Smartphone überhaupt in Betrieb zu nehmen. Das Internet mit all seinen Möglichkeiten und Untiefen war gerade mal volljährig geworden – und er hat es von Anfang an begleitet.

Vor einigen Monaten waren Dr. Schreiber und er bei einem privaten Treffen ins Gespräch gekommen. Kupery berichtete damals sehr amüsant von einer entfernten Cousine. Ihr Mann hatte sie und die Kinder verlassen und war abgetaucht. Kupery hatte den Mann aufspüren können. Schreiber hörte fasziniert zu und fragte, wie so etwas wohl möglich sei. Kupery meinte dazu lapidar, wenn man sich vor jemandem verstecken wolle, solle man soziale Netzwerke meiden und schon gar keine Fotos von sich dort posten. Mehr im Scherz hatte er den Notar gefragt, ob auch er auf der Suche nach einem Unterhaltsflüchtigen sei. Das gerade nicht, aber ein Mandant einer Kollegin sei abgetaucht, nachdem diese ihn erfolgreich bei seiner ganz und gar nicht harmonischen Scheidung vertreten hatte. Kupery ließ sich Namen und Anschrift der Exfrau geben. Er rief sie an und gab vor, ein ehemaliger Klassenkamerad zu sein, der ein Klassentreffen organisieren wolle.

Erwartungsgemäß ließ die Frau kein gutes Haar an ihrem Exmann, und der längeren Schimpftirade entnahm Kupery, dass der Mann sich zu seiner neuen Flamme in den Süden abgesetzt hat. Er solle nach einer Kneipe »Zur großen Katharina« an der Costa Brava suchen. Dort würde ihr Ex wahrscheinlich Teller und Gläser spülen. Tatsächlich fand Kupery die Kneipe und auch einige Fotos, auf der Gäste mit der Wirtin und ihrem Partner Manni fröhlich in die Kamera winkten. Kupery hatte nie nachgefragt, wie die Sache ausgegangen war.

Schreiber hatte seine Unterlagen geordnet. Als er jetzt Kupery informierte, klang es beinahe so, als würde er einen Kaufvertrag für ein Haus vorlesen. »Gestern erschienen bei mir im Büro Michael, Tanja und Florian Stolten zur Testamentseröffnung des Erblassers Erwin Stolten. Anwesend war auch Karin Stolten, Ehefrau des Verstorbenen. Im weiteren Verlauf verlas ich das von mir beglaubigte Testament.« Schreiber unterbrach sich und schaute Kupery an. »Es ist Ihnen doch klar, dass ich mich auf Ihre absolute Diskretion verlasse!«

»Geschenkt.« Kupery winkte lässig ab. »Aber gestatten Sie direkt eine Frage: Wieso erwähnen Sie Frau Karin Stolten als Anwesende. Wird sie etwa im Testament nicht bedacht?«

»Nun, Herr und Frau Stolten haben bei Eheschließung einen Ehevertrag geschlossen, der auch Regelungen zum Nachlass beinhaltet. Im hier vorliegenden Testament wird darauf lediglich Bezug genommen. Lassen Sie mich die einzelnen Verfügungen kurz zusammenfassen. Das Testament beinhaltet für die Familie einige Überraschungen. So hat Erwin Stolten vor knapp drei Jahren damit begonnen, einen Teil seines Vermögens einer von ihm gegründeten Stiftung zuzuführen. Dies geschah sehr diskret und ohne die Familie davon in Kenntnis zu setzen. Die Stiftung ist bereits vor seinem Ableben Eigentümerin von Liegenschaften und Immobilien geworden. Zum Restvermögen zählen noch die bis zuletzt bewohnte Villa, ein Aktiendepot, zwei Bankkonten und die Geschäftsanteile an der Stolten Kunst-

17

stoffverarbeitung GmbH. Erwin Stolten verfügte, dass die Wertpapiere und die Villa bestmöglich veräußert werden sollen. Vom Veräußerungsgewinn soll die Ehefrau gemäß Ehevertrag zehn Prozent erhalten. Den Rest erhalten die Kinder zu gleichen Teilen, ebenso die Geschäftsanteile an der Firma!«

Dr. Schreiber machte eine Pause, die Kupery zu einer weiteren Frage nutzte.

»Wie hat denn die Familie darauf reagiert?«

»Mit betretenem Schweigen, Herr Kupery. Die Familie war bestürzt über die Vermögensübertragung an die Stiftung. In der ersten Reaktion wollte man rechtliche Schritte dagegen prüfen. Es wurde erst später laut in meinem Büro.« Der Notar machte eine Pause, um an seinem Kaffee zu nippen. Erst dann fuhr er fort: »Erwin Stolten teilte in seinem Testament der Familie nämlich mit, dass er noch ein weiteres, ein uneheliches Kind habe, welches ebenfalls erbberechtigt sei. Daher muss der eingangs beschriebene Veräußerungsgewinn nicht durch drei, sondern durch vier geteilt werden.«

Kupery stieß laut Luft aus. »Ein echter Hammer! Und das hat er all die Jahre geheim halten können? Wie alt ist das Kind heute? Und wer ist die Mutter?«

Schreiber hob abwehrend die Hände. »Sie können sich vorstellen, dass diese Eröffnung für Aufregung sorgte. Alle sprachen durcheinander und stellten die unmöglichsten Vermutungen an. Ich hatte wirklich den Eindruck, dass alle Beteiligten von dieser Entwicklung total überrascht waren. Und hier kommen Sie jetzt ins Spiel, Herr Kupery. Erwin Stolten hat nämlich nichts Weiteres in seinem Testament zu Mutter und Kind hinterlassen.«

Wieder machte der Notar eine Pause. Er schien mit sich zu ringen, wie weit er seinen Gesprächspartner informieren konnte. »Sehen Sie, Herr Kupery, als wir die letzte Fassung seines Testamentes ausarbeiteten, kam die Angelegenheit zur Sprache. Erwin Stolten gestand, vor vielen Jahren eine außereheliche Verbindung mit einer gewissen Barbara Müller gehabt zu haben. Zu diesem Zeitpunkt war er schon verheiratet. Diese Beziehung hätte nicht lange Bestand gehabt. Frau Müller sei fortgezogen. Überraschenderweise erhielt er nach einigen Monaten die Nachricht, er sei Vater geworden. Die einzige Information, die ihm die Mutter hat zukommen lassen, war, dass er einen Sohn mit Namen Tobias hat.«

Kupery ließ das Gehörte auf sich wirken, trank seinen Kaffee aus und nahm Notizblock und Stift zur Hand. Er notierte kurz einige Worte. »Meine Aufgabe ist es also, einen Tobias Müller zu finden, von dem wir nicht wissen, wie er aussieht, was er gelernt hat und wo er sich für gewöhnlich aufhält. Einziger Ansatzpunkt ist die Mutter, von der wir den Namen kennen, nicht aber den Aufenthaltsort.«

»So sieht es aus. Ich habe natürlich auch einen offiziellen Weg beschritten und Anfragen beim Einwohnermeldeamt gestellt. Danach hat sich Barbara Müller Anfang 1980 abgemeldet und als neuen Wohnort eine Adresse in Wiesbaden angegeben.«

Kupery machte sich weitere Notizen, legte dann den Stift zur Seite. »Na, dann haben Sie doch die Mutter?«

Der Notar schüttelte bedauernd den Kopf. »Frau Müller hat sich nie in Wiesbaden abgemeldet. Ein Anschreiben von mir kam jedoch als unzustellbar zurück.«

Kupery lehnte sich in seinen Sessel. »Nun, das ist nicht viel. Eine Internet-Recherche nach eine Barbara Müller wird Abertausende von Treffern erzielen. Letzter Wohnort Wiesbaden.« Er schaute zweifelnd auf sein Gegenüber. »Haben Sie noch die genaue Anschrift?«

Schreiber blätterte kurz in seinen Unterlagen. »Ja, hier. Emser Straße 54.«

Kupery machte sich Notizen. »Gibt es denn Hinweise auf Unterhaltszahlungen?«

»Soweit ich weiß, nicht«, bedauerte Schreiber. »Allerdings habe ich keinen Zugriff auf alte Kontounterlagen. Die privaten Unterlagen müssten im Besitz von Frau Stolten sein und die Geschäftsunterlagen selbstverständlich in der Buchhaltung der Firma.«

Kupery wiegte den Kopf hin und her. »Das wird keine leichte Aufgabe. Ich weiß nicht, ob ich Ihnen eine große Hilfe sein kann.«

Schreiber verstaute seine Unterlagen in der Aktentasche. »Herr Kupery, Sie sind hier gut vernetzt und reden mit vielen Menschen. Ihnen antworten die Leute, weil Sie ihre Sprache sprechen.« Schreiber griff in seine Aktentasche und zog eine Flasche Rotwein heraus. »Ich habe mir erlaubt, Ihnen eine kleine Motivationshilfe mitzubringen.«

Kupery nahm die Flasche freudig entgegen und schnalzte mit der Zunge. »Oh, ein Primitivo di Manduria! In der Tat ein überzeugendes Argument! Nun gut, ich werde mich umhören und hoffe, die Familie des Verstorbenen wird mir helfen.«

Schreiber war aufgestanden. »Ich denke schon«, sagte er, während er seinen Mantel von der Garderobe nahm.

»Erwin Stolten hat in seinem Testament festgelegt, dass erst dann über das Resterbe verfügt werden soll, wenn der verlorene Sohn gefunden wurde und alle vier Kinder zu gleichen Teilen bedacht werden können.«

Als Schreiber das Büro verließ, sah Kupery ihm nachdenklich hinterher. Dann fiel sein Bick auf den Primitivo di Manduria. Ganz leise nur meldete sich ein Zweifel in ihm, ob das, worauf er sich da gerade einließ, wirklich mit einer Flasche Wein abgegolten wäre.

# 2. KAPITEL

Im Büro konnte Michael Stolten kaum ruhig hinter seinem Schreibtisch sitzen. Immer wieder stand er auf und schaute aus dem Fenster. Oder er ging durch den Betrieb und schnauzte jeden an, der ihm über den Weg lief.

»Der Chef hat heute wieder eine üble Laune. Gehen wir ihm besser aus dem Weg«, raunten sich die Mitarbeiter zu.

Seine Sekretärin saß verschreckt im Eingangsbereich und duckte sich hinter Aktenordnern weg, sobald Michael Stolten sich blicken ließ.

Ein Anruf auf sein Handy am frühen Morgen war der Anlass für die immer größer werdende Unruhe, die ihn erfasst hatte. Der Fahrer des firmeneigenen Lkw war angehalten und von Zoll und Polizei kontrolliert worden. Ausgerechnet auf der Rastanlage Lipperland, also kurz vor der Abfahrt nach Oerlinghausen. Andrzey Lewandowski fuhr seit Jahren regelmäßig mit Abfällen aus der Produktion nach Polen. Dort wurden die Kunststoffteile geschreddert und gemahlen. Danach konnte das Granulat als Regenerat wiederverwendet werden. Andrzey und Michael Stolten hatten einige Transportbehälter so präpariert, dass diese vor Befüllung mit dem Granulat jeweils mit gut 1000 Stangen Zigaretten bestückt werden konnten. Umhüllt von Kunststoffgranulat und inmitten weiterer unpräparierter Behälter war die Schmuggelware gut getarnt. Andrzey war für Einkauf, Transport und Weiterverkauf zuständig, Michael finanzierte dieses einträgliche Geschäft. Für beide Männer eine durchaus lohnende Angelegenheit.

Bis heute.

Es hatte Michael Stolten große Mühe gekostet, nach der Beerdigung seines Vaters das Mittagessen im Familien- und Freundeskreis ruhig einzunehmen. Einen Kaffee noch, dann schob er dringende Geschäfte vor und verabschiedete sich rasch. Seine Frau sah ihm missbilligend nach. Sie verstand ihren Mann seit einiger Zeit nicht mehr.

Andrzey hatte aufgeregt berichtet, dass der Zoll den Lkw und die Ware untersucht habe. Die mussten einen Tipp bekommen haben, vermutete er, da sich die Beamten zielsicher die präparierten Behälter vorgenommen hatten. Man habe ihm ein Strafverfahren angekündigt, hatte Andrzey berichtet, und erst nachdem sie alle Behälter kontrolliert hätten, dürfe er die Fahrt fortsetzen. Michael versprach, sich um anwaltliche Unterstützung zu kümmern, wenn Andrzey nur weiter den Mund hielt.

Nun war es bereits Nachmittag und er wartete ungeduldig auf die Rückkehr seines Fahrers.

Endlich ruckelte der Lkw auf den Firmenhof. Andrzey stürmte aus dem Führerhaus direkt zum Eingang und ging durch in Stoltens Büro.

»So eine große Scheiße!«, sagte Andrzey anstelle einer Begrüßung.

Michael Stolten gab sich souverän. »Jetzt beruhige dich erst einmal. Das kriegen wir schon in den Griff.«

»Du hast gut reden!« Andrzey ließ sich auf den Besucherstuhl fallen.

»Mich haben sie an den Hammelbeinen. Das wird ganz schön teuer.« Er steckte sich ungefragt eine Zigarette an.

Michael reichte ihm einen Aschenbecher und nahm hinter seinem Schreibtisch Platz. »Ich besorge dir einen guten Anwalt. Dass es immer ein Restrisiko gab, war uns durchaus bewusst.«

Andrzey nickte zustimmend: »Aber die sind direkt auf die Behälter losgegangen. Die waren informiert!«

Stolten rieb sich die Stirn. »Wer konnte dann überhaupt davon wissen? Hier in der Firma wissen doch nur du und ich darüber Bescheid. Oder hast du etwa im Betrieb gequatscht?«

»Ich doch nicht! Außerdem, die Jungs an den Maschinen sind doch meine besten Abnehmer. Die kaufen die Glimmstängel zwar, wissen aber nicht, woher sie stammen. Aber wehe, ich bekomme raus, wer dafür verantwortlich ist. Der kann was erleben!« Andrzey drückte seine Zigarette aus und stand auf. »Ich geh dann mal und hau mich aufs Ohr.« An der Bürotür dreht er sich noch einmal um. »Wie war denn die Beerdigung?«, wollte er wissen.

Michael Stolten winkte nur ab. »Wie erwartet langweilig, viel Geschwafel und viele Leute da. Der alte Herr hätte seine Freude gehabt.«

Andrzey kratzte sich an der Wange. »Sag mal, war der olle Träger auch da?«

»Hab ich nicht gesehen. Wieso fragst du nach ihm?«

»Ich weiß nicht. War nur so 'n Gedanke. Letzte Woche dachte ich, ich hätte sein Auto hier gesehen.« Er ging endgültig.

Stolten hob gedankenverloren eine Hand. Wer konnte noch von diesen speziellen Touren wissen? Jemand aus der Firma? Oder sogar jemand aus der Familie?

# 3. KAPITEL

**A**m Vormittag des folgenden Tages fand Kupery eine Mail aus dem Notariatsbüro vor. Darin waren alle Beteiligten mit Kontaktdaten benannt. Er hatte am Vorabend noch im Internet recherchiert. Allerdings waren für die Suchbegriffe *Tobias Müller* und *Barbara Müller* so viele Treffer angezeigt worden, dass sich daraus keine neuen Anhaltspunkte gewinnen ließen. Kupery überlegte, welches Familienmitglied er wohl ansprechen sollte. Seine Gedankengänge stimulierte er am liebsten mit einer guten Tasse Kaffee. Gerade ließ der Automat mit sattem Brummen die dunkelbraune Flüssigkeit in seine Lieblingstasse fließen, als seine Frau das Büro betrat.

»Machst du mir bitte auch einen Kaffee?«, bat sie ihren Mann. Der reichte ihr galant seine soeben gefüllte Tasse und machte sich daran, einen weiteren Kaffee zuzubereiten.

»Denkst du bitte daran, dass sich heute Abend bei uns zu Hause der Literaturkreis trifft?«, erinnerte sie ihren Mann.

Der strahlte sie an. »Ganz bestimmt denke ich daran. Ich treffe mich heute Abend mit Schlotti in der ›Klappe‹.«

Kupery freute sich schon auf das kühle Bier in der gemütlichen Gaststätte, die im Herzen der Bergstadt lag.

Sein Kaffee war fertig, und er setzte sich an seinen Schreibtisch. Nach einem Blick auf seinen Monitor nahm er das Telefon und wählte eine Nummer. Schon nach wenigen Freizeichen meldete er sich.

»Guten Tag, Frau Stolten. Mein Name ist Christian Kupery. Herr Dr. Schreiber sollte angekündigt haben, dass ich mich kurz mit Ihnen unterhalten möchte.«

»Können wir das am Telefon erledigen?«, fragte Karin Stolten mit einer Stimme, die irgendwo zwischen traurig und gehetzt lag. »Wissen Sie, es gibt noch so viel für mich zu tun.«

Kupery sagte milde: »Das verstehe ich sehr gut, Frau Stolten. Ich habe auch nicht vor, sie lange aufzuhalten. Aber es wäre mir lieb, wenn ich ein, zwei Fragen persönlich mit Ihnen besprechen könnte. Wäre es Ihnen recht, wenn ich jetzt gleich mal vorbeikomme?«

»Na gut, wenn Sie mir versprechen, dass es nicht zu lange dauert.«

»Danke, Frau Stolten, ich mache mich sofort auf den Weg. Es wird auch nicht lange dauern.« Damit beendete er das Gespräch.

Seine Frau sah ihn fragend an. »Wo wohnt die Familie Stolten?«

»In Währentrup.«

Da könne er doch gleich auch noch die Buchlieferung für die Grundschule in Helpup mitnehmen, sagte Susanne und war bereits aufgestanden, um einen kleinen Karton auf ihrem Schreibtisch zu deponieren. »Die Rechnung liegt drin.« Sie kam um den Schreibtisch herum und gab ihm einen Kuss auf die hohe Stirn. »Ich danke dir. Bis später.«

Kupery machte sich auf den Weg. Vor dem Laden parkte sein alter VW-Bus mit der auffällig blauen Lackierung. Er startet den Motor, setzte aus der Parklücke und folgte der Detmolder Straße, bis er auf die B 66 abbog. Er fuhr in Richtung Helpup und erreichte schon nach kurzer Zeit die Schule.

Im Schulbüro gab er kurz das Paket ab und fuhr weiter nach Währentrup. Dieser nette Ortsteil von Oerlinghausen lag ein wenig abseits, landschaftlich sehr erbaulich, aber ohne gute Netzabdeckung. Einen Funkmast suchte man hier vergeblich, und Glasfaserkabel gehörten für diesen Teil der Welt noch in den Bereich von *Science-Fiction.*

Kupery parkte sein Auto direkt vor dem Eingang der Villa. Ein gepflegter Rasengarten vor dem Haus wurde linksseitig von einer großen Garage begrenzt. Zum rechten Nachbarn hin bot eine gut zwei Meter hohe Hecke Sichtschutz. Kupery wusste, dass sich hinter einem eher kleinen Garten hinter der Villa direkt ein Waldgebiet anschloss.

Er suchte noch nach der Klingel, als die Türe schon geöffnet wurde.

»Frau Stolten? Ich bin Christian Kupery.«

Karin Stolten musterte ihn ausgiebig und gab ihm so Gelegenheit, sie ebenfalls in Augenschein zu nehmen. Sie hatte das halblange Haar streng nach hinten gekämmt, trug ein dunkelblaues, kurzes Kleid, das in der Taille von einem schwarzen Gürtel in Form gebracht wurde. Ihre Füße steckten in halboffenen Schuhen, deren hohe Absätze derart spitz ausgeformt waren, dass Kupery unwillkürlich an Mordwerkzeuge dachte. Er suchte in ihrem Gesicht vergeblich nach Zeichen der Trauer. Ihre Züge verrieten keine Regung. Sie stand steif vor ihm und musste den Kopf nur etwas in den Nacken legen, um ihm in die Augen zu blicken. Da war kein Lächeln zu entdecken.

»Kommen Sie herein.« Sie drehte sich um und ging voran. In einem großen, hellen Wohnzimmer setzte sie sich auf einen weißen Ledersessel und deutete mit der Hand auf den Sessel ihr gegenüber. »Nehmen Sie Platz, Herr Kupery.« Über ihre Schulter rief sie in einen Nebenraum: »Maria, wir haben einen Gast. Machen Sie uns bitte zwei Kaffee.« Sie wandte sich wieder Kupery zu. »Sie nehmen doch einen Kaffee.« Das war keine Frage, auf die sie eine Antwort erwartete, sondern eine einfache Feststellung.

Kupery war noch damit beschäftigt, die Einrichtung des Raumes zu betrachten. Moderne Sitzmöbel in der Mitte umgaben einen kleinen Glastisch. Zwei niedrige, weiße Sideboards an den Wänden, aber keine Bücherregale, wie er mit Bedauern bemerkte. Zwei große Aquarelle moderner Kunst waren der einzige Wandschmuck, und Kupery fragte sich wieder einmal, was ihm der Künstler damit wohl sagen wollte. Das Licht, welches durch die bodentiefen Fenster einfiel, wurde zuvor durch hohe, dichte Kiefern gefiltert. Der Raum wirkte auf ihn steril, leblos.

Er wandte sich mit leichter Verzögerung an Frau Stolten. »Bitte entschuldigen Sie meine Ablenkung, aber die Einrichtung ist wirklich bemerkenswert. Ihr Stil?«

Ein leichtes Lächeln umspielte ihren Mund, nicht jedoch ihre Augen.

»Das meiste schon. Aber Sie sind nicht hier, um mit mir Einrichtungsstile zu diskutieren. Nicht wahr?«

»Nun, ich möchte Dr. Schreiber und damit ja eigentlich auch Ihnen helfen, so schnell wie möglich den so plötzlich aufgetauchten Sohn Ihres verstorbenen Mannes zu finden.«

Ein feines Lächeln schob sich auf das Gesicht von Karin Stolten. »Sind Sie sicher, dass die Familie diesen Sohn auch finden will?« Dabei betonte sie »die Familie« mit einer herablassenden Note.

»Nun, ich finde das schon erstaunlich, dass es Ihrem Mann gelungen ist, die Existenz dieses Kindes so lange geheim zu halten. Gab es denn wirklich nie einen Hinweis, einen Brief, eine Postkarte oder Ähnliches?«

Die Augen im Gesicht von Frau Stolten wurden schmal. »Nein! Absolut nichts.«

»Und die Kindesmutter? Hat die sich nicht zwischendurch mal in irgendeiner Form gemeldet?«

»Nein! Aber ich bin mir heute nicht einmal mehr sicher, ob ich davon etwas bemerkt hätte. Mein Gatte war ein großer Künstler, wenn es darum ging, gewisse Dinge im Verborgenen zu halten.«

»Nun, ich kannte Ihren Gatten nicht sehr gut. Eigentlich kannte ich ihn gar nicht. Haben Sie vielleicht einmal ein Beispiel dafür?«

Eine kleine, dunkelhaarige Frau brachte auf einem Tablett den Kaffee. Sie lächelte Kupery schüchtern zu und verschwand umgehend wieder in einem der Nebenräume.

Karin Stolten sah abwesend aus dem großen Fenster, gerade so, als müsste sie sich Details in Erinnerung rufen. Kupery ließ sie gewähren und betrachtete sie eingehend. Ihr Gesicht war ungeschminkt und strahlte wenig Wärme aus. Sie hatte eine sportliche Figur, und Kupery betrachtete mit stillem Vergnügen die wohlgeformten, übereinandergeschlagenen Beine. Fitnessstudio oder doch gleich Personal Trainer? Vielleicht sollte er es auch mal mit ein wenig Sport versuchen. Er verwarf den Gedanken jedoch sofort.

Karin Stolten lächelte freudlos. »Sie können sich denken, dass unser Verhältnis vor der Ehe schon längere Zeit Bestand hatte.« Sie lachte leise auf. »Eigentlich haben wir ein bekanntes Klischee bedient. Die junge Sekretärin schnappt sich den älteren Chef und verführt ihn. Dabei darf ich Ihnen versichern, dass die Initiative zu diesem Verhältnis von meinem Mann ausging. Er war sehr einfallsreich, wenn es darum ging, für unsere Beziehung die notwendigen Freiräume zu schaffen. Da waren die dringend erforderlichen Überstunden oder die Dienstreisen, auf denen ich ihn meist inkognito begleiten durfte. Alles gut getarnt vor den anderen Mitarbeitern und vor allen Dingen vor seiner damaligen Frau.« Sie schaute wieder aus dem großen Fenster in die Vergangenheit. »Natürlich habe ich ihm alle Schwüre geglaubt. Ich gebe zu, ich war sehr naiv. Es ging fast drei Jahre lang gut. Bis zu dem Tag, an dem ich feststellte, dass ich schwanger war. Mein Mann konnte meine Freude zunächst nicht teilen.«

Sie nippte an ihrer Tasse und gab Kupery somit Gelegenheit, den Kaffee zu kosten. Gar nicht mal so schlecht, befand er.

Karin Stolten sah immer noch aus dem Fenster, während sie weiterredete. »Oh ja, er sprach vom Skandal, der ihn vernichten würde, riet zur Abtreibung und versprach mir finanzielle und seelische Unterstützung.« Sie lächelte kalt und sah Kupery jetzt offen an. »Glauben eigentlich alle Männer, Frauen seien Spielzeuge, die man bei Bedarf an die Seite legen kann?«

Kupery räusperte sich. Kurz war er peinlich berührt. Erwartete sie auf diese Frage eine Antwort? »Nun, ich kann das so nicht sehen«, sagte er schließlich.

Doch sie reagierte gar nicht auf seinen Einwand. »Ich habe ihm – bildlich gesprochen – die Pistole auf die Brust gesetzt. Entweder stünde er zu mir und seinem Kind oder es gäbe wirklich einen großen Skandal.«

»Und das hat dann gewirkt?«

Das Lächeln in ihren Augen wurde noch eine Spur kälter. »Ich habe ihm etwas Entscheidungshilfe zukommen lassen, indem ich seiner Frau einen Abzug des Ultraschallfotos zusandte. Sie hat dann relativ schnell die Konsequenzen gezogen. Halten Sie mich jetzt ruhig für eine hartherzige, berechnende Frau.«

Kupery schüttelte langsam den Kopf. »Ich denke, mir steht da kein Urteil zu. Wenn ich Sie also richtig verstehe, überrascht Sie die Tatsache nicht, dass Ihr Mann möglicherweise während Ihrer Ehe ein Verhältnis hatte.«

»Es ist nicht wirklich überraschend. Überraschend allein ist die Tatsache, dass er es vor aller Welt geheim halten konnte.«

»Das bringt mich zu der Frage, ob Ihnen in der Zeit Ihrer Ehe nicht eventuelle Unterhaltszahlungen aufgefallen sind.«

»Mein Mann legte von Beginn an Wert darauf, dass wir das Finanzielle in unserer Ehe strikt getrennt halten. So hatte ich keinen Einblick in seine Kontounterlagen.«

Kupery machte ein betrübtes Gesicht. »Aber jetzt, da Ihr Mann tot ist, haben Sie da nicht Zugriff auf seine Kontoauszüge und andere Unterlagen? Wissen Sie, ich kenne eigentlich nur Männer, die für ihre Fehltritte jahrelang gezahlt haben. «

Karin Stolten schaute ein Moment auf ihre manikürten Hände.

»Ich habe mich noch nicht in seinem Büro umgeschaut. Möglicherweise werde ich dort fündig. Ich weiß aber gar nicht, wonach ich suchen sollte.«

»Es würde helfen, wenn wir zum Beispiel eine Bankverbindung ausfindig machen könnten.«

»Was soll Ihnen das bringen, Herr Kupery?«

»Nun, über die Bankverbindung kommen wir vielleicht an die Adresse der Mutter und über sie dann an die Adresse des Sohnes Tobias. Es ist eine Chance.«

Karin Stolten stand auf. Für sie war das Gespräch offensichtlich zu Ende. »Ich verspreche Ihnen, danach zu suchen und Sie sofort zu informieren, sollte ich etwas finden. Wie erreiche ich Sie am besten?«

Kupery übergab ihr eine Visitenkarte und bat sie, sich jederzeit bei ihm zu melden.

Karin Stolten begleitete ihn zur Türe. »Auf Wiedersehen«, sagte sie rasch. »Ich melde mich dann wieder bei Ihnen.« Hastig schloss sie die Türe.

Kupery trottete bedächtig zu seinem Wagen. Kurz bevor er einstieg, schaute er sich noch einmal um. Es war dieses unbestimmte Kribbeln im Nacken, das ihn dazu veranlasste. Wurde er beobachtet?

Kurz erhaschte er in einem der Fenster des Hauses einen Blick auf ein Gesicht, das von dichten, schwarzen Haaren umrahmt war. Mehr konnte er nicht erkennen. Die Haushaltshilfe? Kupery sah noch, wie sich die etwas altmodische Gardine, hinter der das Gesicht verschwunden war, hin und her bewegte und dann zur Ruhe kam, als wäre nichts gewesen.

# 4. KAPITEL

Direkt nach Kupery verließ auch Karin Stolten die Villa. Sie fuhr die wenigen Kilometer bis zum Gewerbegebiet an der Stadtgrenze. Der Flachbau der Firma »Stolten Kunststoffverarbeitung« stach in seiner Schlichtheit nicht besonders hervor. Rechts hatte sich ein kleiner Kfz-Werkstattbetrieb angesiedelt. Das Gebäude zur Linken stand seit Jahren leer. Vor dem Gebäude der Firma Stolten waren Parkbuchten markiert. *Reserviert für Geschäftsleitung* stand auf einem an der Wand angebrachten Schild. Links vom Gebäude gab es eine Einfahrt auf den Hof. Der Bahndamm markierte die hintere Grenze des Grundstücks.

Der Geruch von verbranntem Kunststoff hing in der Luft. Karin rümpfte die Nase, als sie das Gebäude betrat. Der kleine Schreibtisch am Empfang war nicht besetzt, also ging sie direkt ins Büro von Michael Stolten.

Dieser beendete rasch ein Telefonat. »Ich ruf wieder an«, haspelte er, dann stand er auf und begrüßte seine Stiefmutter etwas zerknirscht: »Du hättest auch ruhig mal anklopfen können.« Er umarmte Karin leicht, und sie hauchte ihm zur Begrüßung einen Kuss auf die Wange.

»Wir müssen reden.« Sie setzte sich auf den Besucherstuhl vor dem großen Schreibtisch. Michael sah Karin von seinem schweren Ledersessel aus erwartungsvoll an.

»Ich hatte heute Besuch von diesem Kupery. Ich nehme an, dass Dr. Schreiber dich ebenfalls über ihn informiert hat.«

»So ist es. Ich erwarte ihn auch. Wir haben telefonisch einen Termin für heute Mittag vereinbart. Wonach wird er denn fragen?«

»Er wollte von mir wissen, ob ich etwas über die heimliche Geliebte deines Vaters wusste und ob es gegebenenfalls Aufzeichnungen über mögliche Unterhaltszahlungen an die Mutter seines Sohnes gibt.«

»Und? Konntest du ihm helfen?«

»Nein! Ich habe ihm gesagt, dass ich mich noch nicht in Erwins Büro umgesehen habe.«

Michael musste schmunzeln und meinte sehr ironisch: »Das kann ich jetzt aber gar nicht glauben.«

Karin erwiderte das Lächeln nicht. »Vielleicht habe ich nicht tief genug gegraben. Ich konnte aber keine ungewöhnlichen Zahlungen von seinem Privatkonto feststellen. Du kannst ja hier schon mal in alten Buchhaltungsunterlagen der Firma suchen lassen. Die Frage ist, ob wir denn etwas finden wollen.«

Michael Stolten schaute sie überrascht an.

Seine Stiefmutter verdrehte die Augen. »Es ist doch einfach. Wenn der Notar diesen Erben nicht ausfindig machen kann, wird der Erbschein auf die vorhandenen Erben ausgestellt.«

Michael Stoltens Augen hellten sich auf. »Ja, natürlich!« Kurz wirkte er missmutig, als ärgerte er sich über sich selbst.

»Hast du schon mit deiner Schwester gesprochen?«

»Nein, sie ist mit unserer Mutter noch unterwegs und geht nicht an ihr Handy. Ich werde aber so bald wie möglich mit ihr reden, versprochen.«

Karin beugte sich auf ihrem Stuhl vor. »Du weißt, dass ich nicht damit einverstanden bin, die Villa zu verlassen.«

Michael machte ein säuerliches Gesicht. »Du warst bei der Testamentseröffnung dabei und hast gehört, was Dr. Schreiber als letzten Willen vorgetragen hat. Es wird schwer, diesen Teil des Testamentes anzufechten.«

Karins Stimme nahm nun an Schärfe zu. »Das Testament soll doch nicht angefochten werden. Aber es kann unter den Erben eine einvernehmliche Regelung geben, die es mir ermöglicht, in der Villa wohnen zu bleiben. Zur Not auch mit einem finanziellen Ausgleich. Mit Florian wird es keine Probleme geben, und ich dachte, auch du ständest auf meiner Seite.«

»Gewiss. Wie gesagt, ich werde mit Tanja reden, sobald ich sie erreiche. Mehr Sorgen bereitet mir jedoch der so plötzlich auftauchende Halbbruder. Wenn ich Dr. Schreiber richtig verstanden habe, können wir erst dann das Erbe antreten und entsprechende Verfügungen treffen, wenn dieser Tobias gefunden wurde.«

Karin fand wieder zu einem Lächeln zurück. »Oder wenn die Suche erfolglos bleibt. Ich habe heute mit einem Bekannten darüber gesprochen. Er ist Rechtsanwalt und meinte, dass die Formulierung im Testament nicht unbedingt ein Hindernis sein muss, einen Erbschein zu beantragen. Er müsste dazu natürlich Einsicht in das Testament nehmen. Notfalls müsstet ihr als Erben gegen den Testamentsvollstrecker klagen. Das Problem kann also gelöst werden.«

Michael schüttelte den Kopf. »Deine Zuversicht möchte ich haben.«

Karin stand auf, und Michael kam rasch um den Schreibtisch herum. Erneut umarmte er sie, diesmal drängender. Sie ließ es einen Moment zu.

Heiser fragte er: »Wollen wir uns nicht mal wieder ganz privat treffen?«

Sie spürte seine Erregung. Während sie sich aus seiner Umarmung löste, lächelte sie ihn an. »Sieh zu, dass ich keine Wohnungsnot erleide. Dann werde ich mich gerne erkenntlich zeigen. Es wäre doch wirklich zu dumm, wenn ich deiner Frau von meiner Notlage berichten müsste.«

Michael entging, dass dem Lächeln jedwede Wärme fehlte.

Sie wandte sich um und hob die Hand zum Gruß. Er sah ihr nach, bis sie den Ausgang erreichte. Sie spürte förmlich seine Blicke auf ihrem Körper und war sich ihrer Wirkung auf Michael vollauf bewusst. Sie war nur sieben Jahre älter als er, und in seinen Umarmungen und Berührungen hatte schon immer etwas Forderndes gelegen. Oh ja, sie hatte dem schon einmal nachgegeben. Das würde sie zur gegebenen Zeit nutzen können.

\* \* \*

Michael ging zurück zu seinem Schreibtisch und wählte eine interne Telefonnummer. »Frau Schneider, kommen Sie doch bitte in mein Büro.«

Nur wenige Augenblicke später klopfte es, und Simone Schneider stand in der Tür. Die junge Frau war wie üblich für Michaels Geschmack etwas zu schrill gekleidet. Der rote Minirock würde bei ihm auch glatt als Gürtel durchgehen, und das weiße Trägershirt war mindestens eine Nummer zu knapp. Unter dem dünnen Stoff zeichnete sich gut sichtbar ein roter BH ab, der die großen Brüste kaum in Form halten konnte. In ihrem Gesicht konkurrierten ein auffälliger roter Lippenstift und ein tiefschwarzer Lidschatten um die Aufmerksamkeit des Betrachters, so er sich von dem üppigen Dekolleté losreißen konnte. Simone Schneider hatte in ihrem Berufsleben offenbar rasch erkannt, dass es hilfreich sein konnte, fehlende fachliche Kompetenz mit größtmöglichem Körpereinsatz auszugleichen.

Michael musste sich von ihrem Anblick regelrecht losreißen. Er fasste sich und betrachtete einige Aufzeichnungen auf seinem Schreibtisch. »Sie müssen für mich etwas aus der Buchhaltung heraussuchen. Machen Sie mir bitte eine Aufstellung, welche Daueraufträge in den vergangenen Jahren von unserem Firmenkonto ausgeführt wurden.«

Simone Schneider machte sich Notizen. »Wie weit soll ich zurückgehen?«

Michael musste einen Moment überlegen.

»Da die Unterlagen in der Regel zehn Jahre aufgehoben werden müssen, sollte das erst einmal genügen.«

Simone Schneider schrieb, und ohne aufzusehen, fragte sie weiter: »Nur Daueraufträge oder auch Lastschriften?«

»Nur die Daueraufträge. Ich hätte gerne Empfänger und Summen.«

Simone Schneider stand auf. »Okay, wird nicht lange dauern.«

Sie wollte das Büro verlassen, doch Michael hielt sie mit einer Frage zurück. »Wie gefällt es Ihnen eigentlich hier in unserer Firma?« Dabei stand er auf und kam um den Schreibtisch herum.

Simone wusste genau, was jetzt folgen würde. Sie straffte ihren Körper. »Ganz gut, Chef. Ist toll hier.« Sie hatte ihrer Stimme einen leicht rauchigen Klang gegeben und hoffte, damit sexy und verführerisch anzukommen.

Michael Stolten stand jetzt dicht bei ihr. »Und die Kollegen aus der Produktion, benehmen die sich anständig?« Er konnte seinen Blick nicht von ihren Brüsten nehmen.

Simone versuchte es mit einem kecken Augenaufschlag. »Aber klar doch, Chef. Ich lass ja auch keinen so nah ran.« Jedenfalls nicht so dicht wie dich jetzt, dachte sie und wich einen Schritt nach hinten. Zufrieden stellte sie fest, dass Michael ihr folgte.

Jetzt legte er ihr die Hände auf die Hüfte und zog sie dicht an sich heran. Sie spürte seine Erregung, als er ihren Unterleib fest an seinen presste.

Simone lehnte sich zurück, ließ den Notizblock auf den Besucherstuhl fallen und schlang die Arme um Michaels Nacken. Sie öffnete leicht den Mund und fuhr sich mit der Zunge über ihre Lippen, dann zog sie seinen Kopf zu sich heran. Als ihre Lippen sich trafen und sie seinen Mund mit ihrer Zunge erkundete, schien in Michaels Kopf eine Bombe zu explodieren und den kümmerlichen Rest an Selbstbeherrschung in sich zusammenfallen zu lassen.

Er drückte Simone heftig auf den Schreibtisch, schob ihren Rock hoch und knetete wie wild ihre Brüste. Sie nestelte an seiner Hose. Als diese zu Boden glitt und er in sie eindrang, stöhnte sie lustvoll auf.

Jaaaa, dachte sie, jetzt habe ich dich da, wo ich dich haben wollte!

# 5. KAPITEL

Es war früher Nachmittag, als Christian Kupery seinen blauen Bulli auf dem für Besucher reservierten Parkplatz des Firmengebäudes parkte. Schon bevor er das Gebäude betrat, stieg ihm der Geruch von verbranntem Kunststoff in die Nase.

Am Empfang saß eine junge Dame, die für Kuperys Geschmack einen viel zu roten Lippenstift und ein viel zu knappes weißes Oberteil trug, unter dem ein roter BH schimmerte. Sie war über Ordner mit Bankauszügen gebeugt und derart konzentriert, dass sich Kupery vernehmlich räuspern musste. »Tschuldigung. Ich möchte gerne zu Herrn Stolten. Mein Name ist Kupery, wir haben einen Termin.«

Die Empfangsdame grub unter dem Aktenordner ein Telefon hervor, wählte eine kurze Nummer und sagte dann sehr geschäftsmäßig in den Hörer: »Herr Kupery ist da.« Kurze Pause und dann: »Ist gut.« Sie wies den Gang hinunter und sagte: »Dort entlang bitte. Herr Stolten wird Sie empfangen.« Damit widmete sie sich wieder den Ordnern.

Kupery schaute in den Gang, in dem einige Vitrinen mit Exponaten aus der Fertigung ausgestellt waren. Michael Stolten stand in der Tür zu seinem Büro und lächelte Kupery freundlich entgegen.

»Guten Tag, Herr Kupery. Bitte kommen Sie herein.« Stolten umrundete seinen Schreibtisch und wies mit der Hand auf den Besucherstuhl.

Kupery nahm sich die Zeit, das Büro genauer zu betrachten. Alte, massive Möbel verbreiteten den Charme der 50er-Jahre. Die Wände zierten diverse kleine Geweihe, und es gab ein größeres Ölgemälde, das den verstorbenen Firmengründer in zünftiger Jägerkluft zeigte. Über der Tür hing der präparierte Kopf eines Ebers mit mächtigen Hauern, die aus einem halb geöffneten Maul ragten.

»Selbst geschossen?«, fragte Kupery und deutete auf die Trophäe.

Michael Stolten lachte auf. Die Weste seines Anzuges spannte verdächtig über der Bauchpartie. Er hatte die Krawatte etwas gelockert und den oberen Hemdknopf geöffnet. Das Jackett hing über dem ausladenden Bürosessel. In Kuperys Nase stieg der penetrante Geruch eines scharfen Rasierwassers.

»Nein. Obwohl auch ich Jäger bin. Aber den hat mein Vater noch erlegt. Er war sehr stolz und hat es sich etwas kosten lassen, das Haupt so präparieren zu lassen. Aber bitte, nehmen Sie doch Platz. Darf ich Ihnen etwas anbieten? Ein Kaffee vielleicht?«

Kupery hatte am Empfang einen Blick auf eine typische kleine Büro-Küchenzeile werfen können und dort eine normale Kaffeemaschine mit Warmhalteplatte entdeckt. Er wollte gar nicht wissen, wie lange die braune Brühe schon warmgehalten wurde. Darauf konnte er ganz bestimmt verzichten. »Nein danke. Ich habe meinen täglichen Kaffeebedarf bereits gedeckt. Ich danke Ihnen, dass Sie so schnell einen Termin für mich freimachen konnten.«

Stolten machte es sich auf seinem Sessel etwas bequemer. »Ist doch selbstverständlich«, sagte er jovial. »Mir ist sehr daran gelegen, dass diese unglückselige Angelegenheit rasch geklärt wird. Nur kann ich mir gar nicht vorstellen, wie ich Ihnen dabei helfen könnte.«

Kupery fischte einen kleinen Notizblock aus seiner Weste und blätterte darin herum. Er hatte sich bereits ein paar Fragen notiert. »Zunächst einmal würde ich gerne wissen, ob die Existenz eines weiteren Halbbruders für Sie tatsächlich so überraschend war.«

Stolten holte schon tief Luft für eine scharfe Erwiderung.

Noch bevor er antworten konnte, vervollständigte Kupery seine Frage: »Oder ob es nicht doch versteckte Hinweise seitens ihres Vaters in der Vergangenheit gegeben hat.«

Stolten schüttelte nur den Kopf und hob bedauernd die Schultern. »Nein. Mein Vater war nicht gerade der Typ, der seine Familie tief in sein Leben blicken ließ. Selbst die Firmenübernahme war mit erheblichen Schwierigkeiten verbunden, da mein Vater so manches Betriebsgeheimnis nur in seinem Kopf bewahrte. Es wundert mich daher überhaupt nicht, dass er uns als Familie nicht zur gegebenen Zeit über seinen Fehltritt in jüngeren Jahren aufgeklärt hat.«

»Nun ja. Ich kannte Ihren Vater kaum und bin daher auf Ihre Einschätzung angewiesen. Ich habe die Hoffnung, dass Ihr Vater die Unterhaltszahlungen an seine damalige Geliebte per Banküberweisung getätigt hat. Dazu müsste es in den Unterlagen dann noch Hinweise geben.«

»Ich habe mir schon gedacht, dass Sie danach fragen werden. Meine Mitarbeiterin sucht gerade alle Daueraufträge der vergangenen Jahre heraus. Vielleicht ergibt sich da ja ein Hinweis.«

»Der Name der Dame ist bekannt. Es handelt sich um eine Barbara Müller. Ich glaube, Sie können die Suche auf diesen Namen konzentrieren. Und bitte gehen Sie ausreichend in der Zeit zurück.«

Stolten hatte schon den Hörer des altmodischen Telefons in der Hand. »Frau Schneider? Haben Sie schon etwas gefunden?« Die junge Dame war wohl etwas aufgeregt und redete extrem laut, sodass Kupery ihre Antwort durch das Telefon hören konnte.

Stolten unterbrach den Redefluss seiner Mitarbeiterin. »Konzentrieren Sie sich bitte bei der Suche auf den Empfänger Müller, Barbara Müller. Und gehen Sie in den Unterlagen ruhig zehn Jahre zurück.« Es entstand wieder eine kurze Pause, bis Stolten herrisch sagte: »Dann müssen Sie halt ins Archiv. Irgendwo müssen die Bankauszüge abgelegt sein.« Wütend knallte er den Hörer auf die Gabel. Er sah Kupery wieder mit Bedauern an. »Das kann jetzt etwas dauern. Die junge Dame ist noch nicht so lange bei uns in der Firma.«

Kupery schaute auf seine Notizen, bevor er fragte: »Wer hat denn die Buchhaltung vorher erledigt?«

»Das war Herr Träger, langjähriger Buchhalter meines Vaters. Aus mir unerfindlichen Gründen hat ihn mein

Vater vor einigen Jahren sogar zum Prokuristen befördert. Ich habe mich von Herrn Träger zum Ende des vergangenen Jahres getrennt. Wir haben die Buchhaltung
jetzt außer Haus gegeben und hatten für ihn keine ad-
äquate Verwendung mehr.«

Stolten schilderte dies ohne Anzeichen von Bedauern
oder Anteilnahme in seiner Stimme. Er gefiel sich offenbar in seiner Rolle als moderner Unternehmer.

»Wissen Sie, seit ich die Firma führe, kann hier niemand mehr eine ruhige Kugel schieben. Ich erwarte
Einsatz, Fleiß und Leistung. Das sind immer noch unsere urdeutschen Tugenden. Darauf können wir uns verlassen!«

Kupery konnte nur mit äußerster Mühe ein Kopf-
schütteln vermeiden und hustete die Erwiderung weg,
die ihm auf der Zunge lag. »Können Sie mir wohl die
Adresse und die Telefonnummer dieses Herrn Träger
geben? Möglicherweise kann er sich an Zahlungen in
der zurückliegenden Zeit erinnern.«

Stolten tippte bereits auf der Tastatur seines Compu-
ters und sagte dann nach ein paar Mausklicks: »Hier ist
es. Walter Träger.« Er nannte Kupery eine Adresse in der
Südstadt und diktierte ihm auch noch eine Mobilnummer.

Kupery klappte sein Notizbuch zu, eine Frage hatte
er aber trotzdem noch: »Wie schätzen Sie das ein? Was
könnte Maria Stolten, die erste Ehefrau, also Ihre Mutter, von der ganzen Geschichte gewusst haben?«

»Da werden Sie meine Mutter schon selber fragen
müssen. Das Verhältnis zwischen mir und meiner Mutter ist seit einigen Jahren … sagen wir einmal etwas pro-

blematisch. Die Gründe hierfür spielen keine Rolle, aber wir haben nur noch sehr wenig Kontakt. Da sollten Sie besser meine Schwester fragen. Sie hat, wie ich das sehe, noch einen ausgezeichneten Draht zu unserer Mutter.«

Stolten sagte dies mit derartiger Nachdrücklichkeit, dass sich weitere Fragen hierzu verboten. Kupery stand auf und reichte ihm eine Visitenkarte. »Bitte informieren Sie mich, sobald Ihre Mitarbeiterin etwas gefunden hat.«

»Selbstverständlich, Herr Kupery, und bereits jetzt schon einmal vielen Dank für Ihre Hilfe.«

Kupery gab ihm die Hand. »Bitte bemühen Sie sich nicht, ich finde hinaus.«

* * *

Bevor er den Bulli für die Heimfahrt startete, wählte Kupery die soeben erhaltene Telefonnummer.

»Ja? Träger.«

»Guten Tag, Herr Träger. Mein Name ist Christian Kupery. Ihr ehemaliger Chef, Michael Stolten, war so freundlich, mir Ihre Handynummer zu geben.«

In die Pause zum Luftholen hinein knurrte Träger: »Wie kommt der denn dazu, so einfach meine Rufnummer herauszugeben?«

Kupery versuchte mit größter Freundlichkeit, diesen Einwand zu übergehen. »Nun, ich hoffe, dies ist kein größeres Problem für Sie. Ich bin nämlich derjenige, der Sie unbedingt um Hilfe bitten wollte. Es geht um eine Familienangelegenheit, die Ihren alten Chef Erwin Stolten betrifft.«

Träger schien wie auf Knopfdruck besänftigt und sofort neugierig zu sein. »Ja. Der alte Stolten war wirklich ein ganz feiner Mann. Was wollen Sie denn wissen?«

Kupery überlegte kurz, wie weit er schon gehen sollte. Dann sagte er: »Es handelt sich um eine, sagen wir einmal pikante Angelegenheit aus dem Familienleben des Verstorbenen. Ich würde es begrüßen, wenn wir uns hierüber in aller Ruhe und vertrauensvoll unterhalten können.«

Träger schwieg. Er schien zu überlegen. »Okay, können wir machen. Wo sollen wir uns treffen?«

»Wunderbar. Was halten Sie davon, wenn wir uns bei mir im Büro …?«

Träger unterbrach ihn. »Sie sind doch der Büchermann, nicht wahr? Ich komme dann zu Ihnen in den Laden. Wissen Sie, so ohne Job hat man unheimlich viel Zeit. Wenn es recht ist, komme ich morgen früh um halb zehn. Ich habe erst am Mittag wieder eine Führung.«

»Führung?«, fragte Kupery verständnislos.

»Ja, ich begleite Gruppen durch das Archäologische Freilichtmuseum. Für morgen hat sich eine Klasse aus Detmold angekündigt. Sie erkunden das Museum, und danach schicke ich sie auf die Ochsentour.«

Kupery registrierte erstaunt, wie freundlich und zugewandt dies klang, war der Mann doch zu Beginn des Gesprächs eher abweisend gewesen.

Mit stillem Vergnügen verabschiedete er sich. »Meine Frau will mich auch immer noch auf diese Wanderung mitschleifen. Bis morgen dann, Herr Träger.«

Zufrieden startete Kupery den Bulli.

# 6. KAPITEL

Karin Stolten hatte noch einige Besorgungen gemacht und eine Freundin in Detmold besucht. Es war bereits früher Abend, als sie ihren Wagen in die Garage fahren wollte. Die Auffahrt wurde jedoch blockiert von einem Wagen, den sie nur zu gut kannte. Ungeduldig ließ sie zweimal die Hupe ihres Autos ertönen. Dann stieg sie aus und ging rasch zum Haus. Noch in der Eingangstüre stehend rief sie so laut, dass es bis zur Straße schalte: »Florian! Fahr bitte sofort deinen Wagen von der Auffahrt. Ich habe dir schon tausend Mal gesagt, dass die Auffahrt frei bleiben muss.«

Ohne große Eile kam ihr Sohn aus dem Haus. Er biss herzhaft in eine Banane. »Ist ja schon gut«, kam es undeutlich aus seinem vollen Mund. »Ich bin ja auch gleich schon wieder weg.«

Seine Mutter gab ihm einen freundschaftlichen Klaps auf den Hinterkopf. »Bevor du wieder abschwirrst, möchte ich noch kurz mit dir reden. Aber jetzt mach erst einmal die Garage frei.«

Beide setzen sich in ihre Autos und rangierten gekonnt auf der schmalen Straße. Florian ließ der Einfachheit halber seinen Wagen am Bordstein stehen. Er folgte seiner Mutter in die Garage, die über einen separaten Zugang zum Haus verfügte.

\* \* \*

Von ihnen unbemerkt wurde die Aktion aufmerksam verfolgt. In einem unscheinbaren, grünen Volvo duckte sich ein Mann in den Fahrersitz und beobachtete das Haus mit einem Fernglas. Dass der Wagen des Sohnes am Straßenrand geparkt wurde, behagte ihm nicht. Es deutete darauf hin, dass Florian sich bald auf den Weg machen wollte. Für die von ihm geplante Aktion war es eigentlich noch zu hell. Jetzt bestand die Gefahr, dass er beobachtet wurde. Er rang mit sich, welches Risiko er eingehen könne.

Ein Gewitter zog auf und schob dunkle Wolken von Bielefeld aus über den Teutoburger Wald. Der Mann legte das Fernglas beiseite und knöpfte seinen dunklen Trenchcoat zu. Er nahm einen alten Filzhut vom Beifahrersitz. Als die ersten Regentropfen fielen, stieg er aus. Er schlenderte zunächst von seiner Position aus am Haus der Stoltens vorbei. Am Ende der Sackgasse angekommen, drehte er sich um und ging über die Straße zurück. In Höhe des von Florian abgestellten Wagens ging der Mann in die Hocke, gerade so, als müsste er sich einen Schuh zubinden. Rasch befestigte er einen mit starkem Klebeband und Magneten vorbereiteten Gegenstand unter der Stoßstange des weißen Audi. Er ging weiter zu seinem Fahrzeug, stieg ein und fuhr langsam die Straße herunter, aber nicht sehr weit. Bereits auf dem in der Nähe befindlichen Parkplatz des Wasserparks stellte er das Fahrzeug ab.

Auf dem Beifahrersitz lagen weitere Gerätschaften und ein kleiner Monitor, auf dem er die Funktionsfähigkeit seiner mobilen Installation prüfte. Zufrieden legte er alles beiseite, startete den Motor und fuhr wieder langsam die Straße entlang. Nun würde er den Wagen jederzeit ausfindig machen können.

* * *

Im Haus der Stoltens trafen sich Mutter und Sohn in der Küche. Florian hatte eine Scheibe Brot reichlich mit Kochschinken belegt und aß mit großen Bissen. Dazu trank er Cola aus der Flasche.

Karin Stolten schüttelte darüber nur den Kopf. »Nennst du das jetzt ein vernünftiges Abendessen?«

Der Junge grinste sie an. »Nee. Aber ich muss jetzt etwas essen.«

»Ich hätte uns auch etwas machen können«, sagte Karin, während sie sich ein Glas Wasser eingoss.

Florian grinste noch breiter. Zwischen zwei Bissen konnte sie ihn kaum verstehen. »Besser gesagt, du hättest etwas für uns bestellt. Im Kühlschrank herrscht nämlich gähnende Leere.« Er lehrte die Flasche Cola in einem Zug. »Aber wo wir gerade hier so gemütlich stehen. Worüber wolltest du dich mit mir unterhalten?«

Karin postierte sich vor ihren Sohn. »Hör mir gut zu, denn es ist wichtig. Die Situation ist nicht einfach, und wir wollen doch für uns das Beste daraus machen. Das bedeutet, dass wir deinen Geschwistern freundlich begegnen. Auch wenn du mit ihnen in der Vergangenheit nicht viel anfangen konntest.«

»Besser gesagt, sie nicht mit mir!«, unterbrach Florian.

»Das mag sein.« Karin wollte nicht näher darauf eingehen. »Auf jeden Fall brauchen wir sie, wenn wir dieses Haus auch weiter nutzen wollen. Ich habe schon mit Michael darüber geredet und ihn wohl auf unsere Seite ziehen können.«

Florian sah sie schief an. »Du meinst wohl, auf deine Seite? Versteh mich bitte richtig, ich habe an dieses Haus kaum eine Bindung. Und wenn ich es richtig sehe, erhöht sich durch den Verkauf mein Anteil am Erbe.«

Florian kannte seine Mutter gut genug, um zu erkennen, wie sehr sie ihre Wut zügeln musste. Mit verstohlenem Genuss stopfte er sich den Rest seines Butterbrotes in den Mund.

»Sicher, mein Schatz. Aber du wirst doch deine Mutter nicht einfach auf die Straße setzen, oder?« Ihre Augen hatten sich zu kleinen, schmalen Schlitzen verengt.

Florian hielt diesen Blicken stand. Er kaute bedächtig den großen Bissen, während seine Gedanken eine Antwort formten. Zu gerne hätte er nun geantwortet: Aber sicher, meine Mutter. So wie ich hier immer ein Heim gefunden habe, nicht wahr? Mit einem Vater, der nur seine Firma im Kopf hatte, und einer Mutter, die mich gar nicht schnell genug ins Internat abschieben konnte.

Er verkniff sich jedoch diese Ironie. Stattdessen setzte er die leere Cola-Flasche ab und wandte sich wieder seiner Mutter zu. »Wenn ich etwas von euch gelernt habe, dann dieses: Nutze deine Chancen! Und das beabsichtige ich auch jetzt zu tun. Wir werden dabei sicher eine für alle Beteiligten befriedigende Lösung finden.«

Ihm schoss durch den Kopf, dass Michael schon einiges bieten müsste, um die Geschäftsanteile alleine zu übernehmen. Da könnte sein Anteil an der Villa mit in die Verhandlungen eingebracht werden. Alles in allem wollte er darauf achten, nicht zu knapp dabei wegzukommen. Geld auf seinem Konto war ihm allemal lieber als Anteile an Unternehmen oder Immobilien.

Karin sah ihren Sohn immer noch sprachlos an, als dieser sich verabschiedete.

»Ich ziehe dann mal los. Ich treffe mich noch mit meiner Halbschwester. Ist schon komisch, plötzlich wollen alle mit mir reden. Mal sehen, was die von mir will. Später treffe ich ein paar alte Schulfreunde von damals. Warte nicht auf mich.«

Die Mutter blieb in der Küche stehen. Sie versuchte, die Antwort ihres Sohnes einzuordnen. Das war weder ein Ja noch ein Nein auf ihre Frage, und plötzlich überkamen sie Zweifel, ob ihr Sohn wirklich auf ihrer Seite stand.

# 7. KAPITEL

Die »Klappe 30 die II.« war ein beliebtes Bistro in der Innenstadt. Kupery erreichte den Eingang hinterm Haus über den schönen Biergarten. Abends fand man hier kaum einen freien Platz, und die großen Sonnenschirme boten auch Schutz vor leichterem Regen. Heute jedoch war das Wetter viel zu unfreundlich. Als Christian den Eingang erreichte, stand der Wirt Lars draußen an dem für die Raucher reservierten Tisch. Schon lange bevor es gesetzlich vorgeschrieben wurde, hatte man den Gastraum des Bistros zur rauchfreien Zone erklärt und das Rauchen nur draußen erlaubt. Kupery begrüßte Lars herzlich. Man kannte sich gut.

»Guten Abend, mein Freund. Nix los heute? Oder wieso kannst du hier draußen ein Rauchopfer geben?«

Lars grinste. »Warte nur mal ab. Meine Fans kommen noch.«

»Ist denn mein Freund Schlotti schon da?«

»Nein, der ist noch nicht eingerollt.«

Wie aufs Stichwort bog in diesem Moment Klaus-Peter Schlotthauer mit seinem Rollstuhl auf die Terrasse. Schlotthauer war seinerzeit bei der Polizei gewesen. Bei einem anscheinend harmlosen Einsatz sollten er und seine Partnerin einer Ruhestörung nachgehen, als plötzlich ein Schuss fiel. Die Kugel traf Schlotthauer knapp oberhalb des Beckens und verletzte ihn so schwer, dass er seitdem von der Hüfte abwärts gelähmt war. Der Schütze konnte nie ausfindig gemacht werden.

Schlotthauer hatte sich hart durch die Zeit im Krankenhaus und in der Reha-Klinik gekämpft. Seine Ehe hatte dieser Belastung nicht standgehalten, und er hatte die Scheidung letztlich sogar als befreiend empfunden. Er legte Wert darauf, dass er alleine in seiner Wohnung leben konnte. Seine, wie er es nannte, intakte obere Körperhälfte hielt er mit Kraftsportübungen fit. Von gelegentlichen melancholischen Missstimmungen abgesehen war er ein sehr umgänglicher Typ, den man nur mit einer Sache übel auf die Füße treten konnte: mit Mitleid.

»Guten Abend«, rief Schlotti im Heranrollen. »Wir sollten machen, dass wir reinkommen. Draußen grummelt und donnert es schon heftig. Da kommt noch was auf uns zu.«

Lars hielt schon die Türe auf. »Ich zapfe dann schon mal zwei Pils an.«

Kupery stellte sich hinter den Rollstuhl, denn es gab leider eine Stufe zu überwinden. »Und sag in der Küche Bescheid: Ich hätte gerne einen Hamburger.«

Schlotti schloss sich an. »Für mich bitte auch.«

Sie gingen in den Gastraum, dessen Wände mit allerlei Filmpostern und Fotos geschmückt waren. Auch hier gab es noch kein Gedränge, sie fanden in ihrer Lieblingsecke sofort Platz. Kupery stellte einen Stuhl beiseite, damit Schlotti direkt an den Tisch fahren konnte.

Dann saßen die beiden Männer vor ihrem Bier und tauschten Neuigkeiten aus. Gewöhnlich wurde zunächst die politische Großwetterlage erörtert.

Schlotti regte sich über seine Lieblingsthemen auf: wahlweise die EU oder die Düsseldorfer Landesregierung.

Als die Hamburger serviert wurden, waren sie bereits bei den lokalen Themen angekommen. Beide befanden, dass am Ort gerade politisch nicht viel los sei und sie sich voller Genuss ihrem Essen widmen konnten.

Zufrieden und mit neuem Bier versorgt wandte sich Kupery nach dem Essen leise an seinen Freund. »Lass mich an deinem Wissen teilhaben. Was weißt du über die Familie Stolten?«

Schlotthauer sah ihn ein wenig erstaunt an. »Du meinst die Familie des alten, gerade verstorbenen Erwin Stolten? Was hast du denn mit denen zu schaffen?«

Kupery schaute sich kurz um und rückte näher. Er wusste, wie weit er seinem Freund vertrauen konnte. »Behalte es bitte für dich.« Er erzählte ihm von seinem Rechercheauftrag.

Schlotthauer nickte, nahm einen großen Schluck Bier und beugte sich ebenfalls vor. »Ich fange mal ganz vorne an. Der alte Stolten war ja ein sehr honoriger Mann. Ich würde zwar nicht so weit gehen zu sagen, dass er überall beliebt gewesen ist. Aber er war nie geizig und gegen seine Großzügigkeit hätte nie jemand etwas gesagt. Auch wenn böse Zungen behaupten, er hätte sich so manche Freundschaft gekauft. Du verstehst, was ich sagen will?«

Kupery nickte nur.

Schlotthauer fuhr fort: »In jungen Jahren soll er ein schlimmer Finger gewesen sein, dem man oder besser frau nur so weit trauen konnte, wie man ihn hätte werfen können. Es kursieren da so einige Geschichten aus seinen jungen Jahren. Er hat sich dann mit der Maria das begehrteste Mädchen am Ort geangelt. Trotzdem konnte er die Finger und andere Sachen nicht von anderen Mädchen lassen.«

»Das bedeutet aber doch, dass einige am Ort über seine jeweiligen Liebschaften informiert gewesen sein müssen.«

Schlotthauer schüttelte lachend den Kopf. »Gedacht – gedacht haben sich das viele. Aber genau gewusst hat das keiner. Und wenn doch, hat man mit Sicherheit den Mund gehalten. Mit dem Stolten wollte man es sich bestimmt nicht verderben.«

Kupery schaute verdrießlich in sein fast leeres Bierglas. »Und ich hatte schon die Hoffnung, es wäre alles so einfach und jemand könnte mir sagen, wo dieser unbekannte Sohn abgeblieben ist.«

Schlotthauer versuchte ihn zu trösten. »Du findest schon jemanden, der dir weiterhilft.«

»Ich weiß nicht, ich weiß nicht«, klagte Kupery. »Mit der Witwe habe ich schon gesprochen. Die weiß nichts.«

Schlotthauer blickte interessiert auf. »Wow. Mit dem heißen Feger hast du schon gesprochen? Man sagt, die habe Haare auf den Zähnen. Sie sei wie eine Gottesanbeterin und fresse ihre Männchen nach der Begattung.«

»Mann Schlotti! Wie bist du denn drauf? Ich hab doch nur mit ihr geredet. Sie war ganz zugänglich, konnte mir aber nicht weiterhelfen. Obwohl ...« Kupery machte eine Pause und dachte nach.

»Obwohl?« Schlotthauer horchte auf.

»Sie sagte, sie hätte sich noch nicht im Büro ihres Mannes umgesehen. Also, das wäre doch das Erste, was ich tun würde.«

»Aber was soll ihr das bringen, dies vor dir zu verheimlichen?«

»Ich weiß es nicht. Es erscheint mir nur unlogisch. Irgendetwas nagt in mir und will nicht raus. Da ist noch mehr. Kennst du das?«

»Na klar«, sagte Schlotthauer, »manchmal liegt die Antwort auf der Zunge, sie will sich aber nicht aussprechen lassen – und ab dem vierten Pils ist es dir egal. Prost.« Er hob sein Glas zum Gruß.

Kupery stieß mit ihm an. »Nun, wenigstens der Sohn Michael hatte schon in seiner Firma Anweisung gegeben, in den Bankauszügen nachzuschauen.«

Schlotthauer nahm die beiden jetzt leeren Biergläser und klimperte damit vernehmlich Richtung Theke. »Kommt sofort«, kam es von dort zurück.

Schlotthauer wandte sich wieder Kupery zu. »Michael Stolten hat es dann ja wohl endlich geschafft und ist Alleinherrscher über das Stolten Imperium. Er tritt in die Fußstapfen seines Vaters, doch glaube ich kaum, dass er diese ausfüllen kann.«

»Warum das denn nicht?«

»Ich finde einfach, er hat nicht das Format des alten Herrn. Na ja, mit den Frauengeschichten scheint er sich seinen Vater zum Vorbild zu nehmen. Aber sonst? Als er vor vier Jahren die Leitung der Firma übernahm, hat er sich rigoros von knapp der Hälfte der Belegschaft getrennt. Wirtschaftliche Zwänge hätten ihn dazu veranlasst. In den Folgemonaten wurde die Belegschaft dann wieder aufgestockt, diesmal jedoch mit Mitarbeitern aus den ehemaligen Ostblockstaaten. Wie man hört, wird nicht einmal der Mindestlohn gezahlt.«

Der Wirt brachte zwei frische Biere. Dazu stellte er noch eine Schale mit Erdnüssen auf den Tisch, über die sich Schlotthauer sofort hermachte.

Kupery hatte in der Zwischenzeit sein Notizbuch hervorgekramt und darin geblättert. »Wenn du schon so gut Bescheid weißt, dann sage mir doch bitte, was zum Zerwürfnis zwischen Michael und seiner Mutter führte. Er machte mir gegenüber eine entsprechende Bemerkung.«

»Dazu musst du wissen, dass Maria Stolten wie auch ihr Mann politisch den Liberalen zugetan war. Für beide war es gelinde gesagt ein Schock, als sich Michael vor einigen Jahren den Republikanern anschloss. Maria Stolten war zu diesem Zeitpunkt bereits von ihrem Mann geschieden. Seit einer heftigen Auseinandersetzung geht Michael seiner Mutter so gut es geht aus dem Weg.«

Weiter in seinem Notizbuch schreibend murmelte Kupery: »Das kommt in den besten Familien vor.«

Schlotthauer warf einen Blick auf die nun zahlreicher werdenden Gäste an den Nebentischen. Er rückte noch näher an Kupery heran. »Wirklich bedenklich finde ich, dass Michael Stolten in den letzten Monaten wohl weiter an den rechten Rand gerutscht ist. Ich hörte davon, dass er an gar nicht so geheimen Treffen in Vlotho teilgenommen hat. Dort wirkt eine Neonazigruppe mit all dem Mist in den braunen, dumpfen Köpfen: Holocaustleugnung, Feier zu Führers Geburtstag, Mahnmale für Rudolf Hess, Fackelzüge und all so ein Quatsch. Mitunter trifft man sich auch hier am Ort, oben am Kriegerdenkmal auf dem Tönsberg. Michael soll zumindest zu den Unterstützern gehören.«

»Man fasst es nicht!«, ließ sich Kupery vernehmen. »Ist das gesichert, oder ist das reines Hörensagen?«

Schlotthauer lachte. »Mann, du klingst ja schon wie ein Kripo-Mann – oder wie ein Fernsehdetektiv.« Er lachte so laut, dass die anderen Gäste aufmerksam wurden.

»Du bist blöd, Schlotti!«, knurrte Kupery und leerte sein Glas.

»Aber sag mal, wie kommst du an all diese Informationen?«

Schlotthauer lachte wieder und leerte ebenfalls sein Glas. »Man muss eben kommunikativ sein! Du kannst nicht immer nur in deinem Büro vor deinem Computer sitzen. Hier draußen spielt das echte Leben. Du musst dich auch mal beim Schützenfest sehen lassen und bei all den anderen Veranstaltungen. Da kommst du ins Gespräch.«

Kupery klopfte seinem Freund auf die Schulter. »Was würde ich bloß ohne dich machen? Was ist, soll ich dich nach Hause schieben?«

»Bleib weg von meinem Rolli! Lars – zahlen bitte!«

Die beiden Freunde zahlten und verließen scherzend das Bistro. Das Gewitter hatte sich verzogen, es regnete nicht mehr. Die Abendluft war wohltuend erfrischend.

# 8. KAPITEL

Gar nicht weit entfernt von den beiden Freunden saßen zur selben Zeit Tanja und ihr Halbbruder Florian an einem kleinen Holztisch. Das dreigeschossige Mehrfamilienhaus im Süden der Stadt hatte Erwin Stolten Jahre zuvor preisgünstig erwerben können. Nach einer Komplettsanierung wandelte er die Immobilie in Eigentumswohnungen um und vermachte das großzügig ausgebaute Dachgeschoss seiner Tochter Tanja zum bestandenen Abitur.

Tanja hatte für sich und ihren Halbbruder Tee aufgesetzt und musste die Nachfrage nach Cola bedauernd verneinen. Nun rührten beide etwas Honig in ihre Tassen, und Florian wartete auf Tanjas Eröffnung.

Endlich blickte sie auf und sagte zögerlich: »Ich wollte mit dir über die Erbschaftsangelegenheit reden.«

Gebannt wartete sie auf eine Reaktion von Florian. Doch der rührte weiter gelassen in seiner Tasse.

Also fuhr sie fort: »Ich kann mir vorstellen, dass wir in dieser Angelegenheit gleichgerichtete Interessen haben.«

Florian hob eine Augenbraue. »Und die wären?«

Tanja fragte sich, ob Florian wirklich so dumm war oder ob er eine Masche abzog. Sie rief sich selbst zur

Geduld. »Nun, ich habe kein Interesse an der Firma und werde mich dort auch nicht engagieren. Auch am Haus in Währentrup interessiert mich allenfalls der Verkaufspreis. Wenn du verstehst, wie ich das meine.«

Florian hatte unbewusst genickt. »Das deckt sich in der Tat mit meinen Interessen. Wo siehst du da Probleme?«

Tanja ließ sich Zeit mit der Antwort. Sie konnte noch nicht einschätzen, welche Position Florian gerade in Bezug auf das Haus einnahm. Immerhin wohnte dort noch seine Mutter. Daher sprach sie zunächst die Firma an. »Ich habe unseren Bruder Michael schon vor einiger Zeit gebeten, mir eine Information über den Stand der Firma zu geben. Es muss ja betriebswirtschaftliche Auswertungen, Auftragsbücher et cetera geben. Bislang hat er sich mit fadenscheinigen Gründen davor gedrückt. Ich habe die Befürchtung, dass er mir, oder besser uns, etwas verheimlichen möchte.«

Florian lächelte linkisch. »Dann sollten wir mal ein wenig Druck machen.«

»Ja, es wäre vielleicht gut, wenn auch du ihn darauf jetzt ansprichst.« Tanja war froh, dass sie in diesem Punkt so leicht Einigung erzielt hatten. Sie atmete einmal durch. Jetzt kann der heikle Teil. »Was das Haus betrifft …«

Florian unterbrach sie. »Mach dir darüber nicht zu viele Gedanken. Ich weiß, dass meine Mutter dort gerne wohnen bleiben möchte. Ich glaube, sie betrachtet es als ihr persönliches Statussymbol.«

Tanja war nicht entgangen, mit welcher Kälte Florian jetzt sprach.

»Von mir aus kann sie dort auch wohnen bleiben.« Er machte eine theatralische Pause. «So sie das notwendige Kleingeld für die Hütte aufbringt.« Er schlürfte vernehmlich an seiner Tasse Tee.

»Was meinst du denn, wie viel das Haus bringen könnte?«

Tanja konnte nur mit Mühe ihre Erleichterung darüber verbergen, dass sie wohl auch hier einen Verbündeten gefunden hatte. »Ich weiß noch nicht genau. Aber ich habe einen guten Bekannten, der in diesem Metier zu Hause ist. Ich kann ihn ja mal fragen.« Entspannt lehnte sie sich in ihrem Stuhl zurück. »Ich werde ihn einmal fragen«, sagte sie verschwörerisch.

Jetzt war es Florian, der einen weiteren Aspekt ansprach. »Und was ist mit dem unverhofft auf der Bildfläche erschienenen Fehltritt unseres Vaters?«

Tanja blieb entspannt. »Wenn sich der nicht meldet oder gefunden wird, wird das Erbe auf uns verbliebene Kinder aufgeteilt. Das entscheidet das Nachlassgericht. Ich habe allerdings keine Ahnung, wie lange das wohl dauern wird.«

Nun lehnte sich auch Florian entspannt zurück. »Wir sind doch jung und können auch ein paar Wochen warten. Wichtig ist, dass keiner der anderen Erben auf krumme Gedanken kommt und hinter unserem Rücken das Erbe verschleudert. Es freut mich, dass du das auch so siehst.«

Was hatte seine Mutter von ihm gefordert? Begegne deinen Geschwistern freundlich! Genau das hatte er soeben getan.

# 9. KAPITEL

Der junge Mann fuhr wie immer rasant die lange, abschüssige Straße vom Ortskern hinunter zur Bundesstraße. Der Fahrtwind ließ ihn frösteln, und er beugte sich tief über den Lenker seines Mountainbikes. Die Sonne hatte am frühen Morgen noch keine Kraft. Jedoch würde er am Mittag bei der Heimfahrt sicher wieder ins Schwitzen kommen. Da war es gut, wenn er nur den leichten Blouson in dem Rucksack zu verstauen hatte. Außerdem sorgte die Kühle dafür, dass er richtig munter wurde.

Der junge Mann hatte erst im Mai des vergangenen Jahres sein Abitur gemacht und sich zunächst für ein freiwilliges soziales Jahr entschieden. Die Arbeit mit behinderten Menschen war zunächst eine echte Herausforderung, an der er aber Tag für Tag mehr Gefallen fand.

An einer Kreuzung konnte er auf den Radweg wechseln. Dabei ignorierte er das Rotlicht der Ampel, die Kreuzung war gut einsehbar, und um diese Zeit war noch kein Verkehr unterwegs. Ein Blick auf seinen Tacho zeigte ihm, dass die Geschwindigkeit noch nicht ganz an seinen persönlichen Rekord von 52 km/h heranreichte. Lächelnd trat er noch stärker in die Pedale. Er spürte den immer stärker werdenden Luftwiderstand. Der Frühnebel klebte altes Laub feucht auf die Wege.

*Noch hundertfünfzig Meter. Es hatte keine Mühe gekostet, die morgendliche Fahrtroute zu erkunden. Noch hundertzwanzig Meter. Der Junge war wirklich pünktlich. Noch neunzig Meter. Er war sehr sportlich. Noch sechzig Meter. Er hatte nur einmal einen Fehler gemacht. Noch dreißig Meter. Dafür musste er jetzt büßen. Noch zehn Meter.*

Wie aus dem Nichts landete plötzlich ein Ast mit dem Umfang eines Oberschenkels vor ihm auf dem Radweg. Für eine Reaktion blieb keine Zeit mehr. Das Vorderrad donnerte gegen das Hindernis, der Fahrer wurde in hohem Bogen über die Lenkstange auf den Radweg geschleudert. Hart schlug der Kopf auf dem Asphalt auf.

Geschützt durch das Buschwerk näherte sich eine dunkel gekleidete Gestalt dem Verunglückten. Behutsam tasteten mit Lederhandschuhen bekleidete Hände Kopf und Körper nach Lebenszeichen ab.

Motorengeräusche und die Lichtkegel von Scheinwerfern ließen die Gestalt auffahren. Geduckt huschte sie zurück in den Wald. Von einem sicheren Platz aus konnte sie die weitere Situation beobachten.

Ein Auto hielt am Straßenrand. Der Fahrer stürmte aus dem Wagen. Er rannte zu dem Verunglückten, sah kurz auf ihn hinunter, um dann seinem Beifahrer zuzurufen: »Ruf sofort einen Krankenwagen!«

Hinter dem Auto hielt nun ein weiterer Wagen und schaltete die Warnblinker an. Der Fahrer ließ die Seitenscheibe herunter und fragte: »Soll ich einen Krankenwagen rufen?«

»Ist schon erledigt«, antwortete der Beifahrer des ersten Autos, der inzwischen auch auf dem Weg zum Verletzten war.

Mit Blaulicht traf nur wenig später ein Rettungswagen ein. Eine junge Sanitäterin sprang aus der Beifahrertür und verscheuchte die Männer. »So. Jetzt sind wir ja da. Machen Sie bitte Platz.«

Der Fahrer des Rettungswagens kam nun auch hinzu, und beide beugten sich über den noch immer reglosen Körper.

Ein Streifenwagen der Polizei erreichte die Unglücksstelle. Während ein Beamter sich mit den Autofahrern unterhielt, ging die Polizeibeamtin langsam zu dem Fahrrad. Es wurde Zeit für die dunkel gekleidete Gestalt, sich weiter in den Wald zurückzuziehen. Von Weitem konnte sie durch die Bäume nur noch das zuckende Blaulicht der Einsatzfahrzeuge erkennen.

# 10. KAPITEL

Der Morgen war für Kupery ausgefüllt mit Tätigkeiten in der Buchhandlung. Über Nacht waren die am Vortag bestellten Bücher geliefert und hinter die Eingangstüre gestellt worden. Seine Frau würde erst am Mittag kommen, ihren Yogakurs ließ sie selten ausfallen. Kupery bestückte die Kasse mit Wechselgeld, schaltete die Ladenbeleuchtung ein und sortierte die gelieferten Bücher. Als er um 9:00 Uhr die Ladentür öffnete, standen bereits zwei Schüler davor und warteten ungeduldig.

»Na, Jungs? Was braucht ihr denn so dringend?«

Die beiden Jungen stürmten an ihm vorbei und versorgten sich mit je einem Schulheft.

»Wir schreiben gleich eine Mathearbeit und wir bekommen großen Ärger, wenn wir die richtigen Hefte nicht dabeihaben.«

Die Jungen hielten das Geld schon abgezählt parat, knallten es auf den Kassentresen und stürmten aus dem Laden.

Kupery lächelte ihnen hinterher. Komisch, das hatte sich seit seiner Schulzeit nicht verändert.

Walter Träger traf genau wie angekündigt um 9:30 Uhr in der Buchhandlung ein. Seine Erscheinung war derart unauffällig, dass sie schon wieder auffällig war. Er trug einen grauen, in die Jahre gekommenen Anzug, ein weißes Hemd und eine dazu passende graue Krawatte. Ein ebenso farbloser Trenchcoat, das altertümliche Brillengestell mit den dicken Gläsern und das streng zur Seite gekämmte graue Haar rundeten das Bild ab. Selbst die Gesichtsfarbe war aschfahl.

Die etwas zu groß geratenen Kleiderstücke ließen erahnen, dass sich darunter ein dürrer, ausgemergelter Körper befand. Gleichwohl überraschte Träger Kupery mit einem überaus festen Händedruck zur Begrüßung.

»Guten Tag. Hier bin ich also.« Träger sprach leise und langsam, so, als würde er seine Worte sorgsam abwägen.

»Guten Tag, Herr Träger. Folgen Sie mir doch bitte ins Büro.«

Kupery ging voran und bat seinen Gast, am leeren Schreibtisch seiner Frau Platz zu nehmen.

»Darf ich Ihnen einen Kaffee zubereiten? Ich hab vor Kurzem eine neue, sehr bekömmliche Mischung aus Puerto Rico erhalten.« Er sah Träger erwartungsvoll an.

»Danke, nein, ich trinke keinen Kaffee.« Träger hatte sich gesetzt und hielt eine alte, abgewetzte Aktentasche wie einen Schutzschild vor sich auf den Knien.

»Vielleicht ein Wasser?« Kupery war bemüht, das Eis zu brechen. Die herbe Enttäuschung, dass sein Gast den Kaffee ablehnte, wollte er sich nicht anmerken lassen. Menschen, die keinen Kaffee tranken, waren ihm normalerweise ganz grundsätzlich suspekt.

»Wirklich nicht, vielen Dank. Können wir bitte gleich zur Sache kommen«?

Kupery nahm hinter seinem Schreibtisch Platz. Er wollte seinen Gast nicht verärgern und verzichtete daher schweren Herzens auch auf seinen Kaffee.

»Nun«, begann Kupery bedächtig. »Sie sprachen am Telefon sehr freundlich über den verstorbenen Erwin Stolten. Sie waren ihm wohl verbunden?«

Träger überlegte einen Moment, um dann leise und bedächtig zu antworten: »Erwin Stolten war ein Chef, wie man ihn sich nicht besser wünschen konnte. Er hatte immer ein offenes Ohr für seine Angestellten und war ehrlich an ihrem Wohlergehen interessiert.«

Kupery nickte zustimmend, und da Träger nicht weitersprach, fragte er nach: »Sie waren in der Firma der Buchhalter und damit natürlich mit einer besonders verantwortungsvollen Aufgabe betraut.«

»Ja, natürlich!« Träger schien verwundert, dass dies einer besonderen Erwähnung bedurfte.

Kupery spürte, dass diese Nuss nicht einfach zu knacken sein würde. »Nun, ich frage mich, ob Ihre Zuständigkeiten über die notwendigen Aufgaben eines Buchhalters hinausgingen.«

Trägers Körperhaltung verriet seine Anspannung. Etwas schärfer als nötig fragte er: »Was wollen Sie damit andeuten?«

Kupery ließ sich seine Überraschung nicht anmerken. Welchen Knopf hatte er denn da gedrückt, fragte er sich im Stillen. An Träger gewandt zeigte er sich sanftmütig: »Gar nichts, Herr Träger. Ich möchte Ihnen auch nicht zu nahe treten. Vielmehr habe ich die Hoffnung, Sie könnten mir aufgrund Ihrer herausragenden Stellung helfen.« Kupery kam zu seinem eigentlichen Anliegen. »Wie sich bei der Testamentseröffnung herausstellte, hatte Herr Stolten eine außereheliche Verbindung, aus der ein Sohn hervorgegangen ist. War Ihnen das bekannt?«

Kupery nahm sehr wohl zur Kenntnis, dass Träger über die Antwort intensiver nachdachte. Endlich antwortete er zögerlich: »Herr Stolten hat niemals eine derartige Andeutung gemacht.«

Kupery sagt nichts, sah Träger nur unverwandt an.

Schließlich war es Träger, der das Schweigen brach. »Es gab wohl ein paar Gerüchte in der Firma.«

»Hat Herr Stolten dazu mal Stellung genommen?«

Träger entrüstete sich. »Nein, Herr Stolten war ein Ehrenmann. Wenn überhaupt, dann hat er derartige Angelegenheiten mit größter Diskretion geregelt.«

Kupery zwang sich, ruhig zu bleiben. »Davon gehe ich aus, Herr Träger. Weiter darf ich annehmen, dass Sie sein vollstes Vertrauen genossen und Sie sich Ihre Loyalität zu Herrn Stolten auch über seinen Tod hinaus bewahren.«

Träger nahm dies stumm zur Kenntnis.

Kupery tastete sich weiter vor. »Da Herr Stolten seinen Sohn in seinem Testament erwähnte, können wir davon ausgehen, dass auch er ihn ausfindig machen wollte. Diese Aufgabe liegt nun bei mir. Bekannt sind mir bislang lediglich die Namen der Mutter und des Sohnes, nicht aber ihre Aufenthaltsorte. Ich vermute weiter, dass Herr Stolten – in aller Diskretion natürlich – Unterhaltszahlungen vorgenommen hat. Ich habe die Hoffnung, über die dabei verwendete Bankverbindung eine Anschrift ausfindig machen zu können.«

Erneut konnte Kupery erkennen, dass Träger mit sich rang. Wieder musste sich Kupery in Geduld fassen. Entweder war Träger ein extrem langsamer Denker, oder er wollte die Informationen, die er preisgab, sehr gut sieben. Kupery gab vor, sich Notizen zu machen. Er brauchte den Moment, sich zu sammeln, dann fragte er weiter. »Ist Ihnen bekannt, ob Herr Stolten irgendwelche Zahlungen von einem Privat- oder Sonderkonto vorgenommen hat?«

»Dazu kann ich Ihnen nichts sagen«, beschied Träger kurz.

Für Kupery kam die Antwort zu schnell. Du weißt es also, willst es mir aber nicht sagen, dachte er und vermied es, seinem Ärger Luft zu machen. »Eine letzte Frage vielleicht noch, Herr Träger. Damit ich alles richtig einordnen kann. Der alte Herr Stolten hat Sie doch noch vor einigen Jahren zum Prokuristen befördert. Was das nicht ungewöhnlich für eine so kleine, überschaubare Firma?«

Träger stand abrupt auf und umklammerte seine Aktentasche fester. »Ich glaube kaum, dass Sie abschätzen können, ob und wann und warum Prokura erteilt wurde. Herr Stolten war auf jeden Fall ein Mann, der verdiente Mitarbeiter nicht einfach vor die Tür setzte. So wie es sein Sohn tat. Sollten Sie also weitere Informationen benötigen, wenden Sie sich an ihn oder an seine völlig inkompetente Buchhaltungsgehilfin.«

Kupery stand ebenfalls auf. »Das werde ich machen, und vielen Dank für Ihre Hilfe.«

Träger verabschiedete sich nicht weiter. Er verließ umgehend das Büro und den Buchladen.

# 11. KAPITEL

Nach dem Gespräch mit dem Ex-Buchhalter saß Kupery entspannt im Büro und hatte die Zeitung über all seinen Unterlagen ausgebreitet. Den Sportteil hatte er sofort ungelesen in den Papierkorb geworfen. Er hielt sich an das Winston Churchill zugesprochene Zitat »No sports«, und es tat seiner Abneigung jeglicher sportlicher Anstrengung gegenüber keinen Abbruch, dass sich dieses Zitat nirgendwo belegen ließ. Sehr zum Verdruss seiner Frau pflegte er seine Unsportlichkeit. Und er las den verbleibenden Rest der Tageszeitung gerne von hinten nach vorn. Dabei genoss er seinen Kaffee.

Er war soeben in die Kommentare auf Seite zwei vertieft, als seine Frau ins Büro kam.

»Du hast Besuch. Frau Stolten ist hier.« Mit diesen Worten machte Susanne auch schon Platz für Karin Stolten.

Kupery hatte erwartet, dass die Witwe ihre tiefe Trauer auch in der Kleidung zum Ausdruck bringen würden. Doch statt der schwarzen Kleidung überraschte sie mit dem sportlich-praktischen Outfit einer Reiterin. Die langen, schwarzen Stiefel und die eng anliegende Reithose verstärkten den Eindruck endlos langer Beine.

Kupery ging ihr entgegen und begrüßte sie. »Guten Morgen, Frau Stolten. Was führt Sie zu mir?« Dabei bot er ihr wie üblich den Platz am Schreibtisch seiner Frau an. »Darf ich Ihnen einen Kaffee machen?«

Karin Stolten schüttelte den Kopf. »Nein danke.« Ihre Stimme klang beherrscht und kühl. Sie kramte in einer großen Umhängetasche und überreichte Kupery zwei Briefe.

Er sah sie fragend an.

»Das habe ich in den Unterlagen meines Mannes gefunden. Es dürfte Sie interessieren.«

Kupery hatte bereits den ersten Brief aus einem offenen Kuvert entnommen. Ein Foto fiel auf seinen Schreibtisch. Auf einem mit Schreibmaschine getippten Briefbogen stand lediglich: *Herzlichen Glückwunsch. Du bist Vater eines gesunden Jungen!* Das Foto zeigt ein neugeborenes Baby. Kupery besah sich die Rückseite des Fotos. Kein Aufdruck, kein Datum, nichts.

Erstaunt fragte er nach. »Und das hat Ihr Mann sorgsam verwahrt? Sonst nichts?«

»Nein, nur diesen Brief und diesen zweiten.«

Kupery hatte bereits etwas aus dem zweiten Kuvert gezogen. Auch dieser Umschlag enthielt nur ein altes Foto. Offensichtlich das Gruppenfoto einer Einschulung. Auf der Rückseite war nur ein kurzer Vermerk: *Ein großer Tag für den Kleinen!*

Kupery untersuchte das Foto. Es enthielt keine Datumsangaben und auch keine Unterschrift oder handschriftliche Bemerkung.

Er betrachtete es eingehend und steckte es dann zurück in das Kuvert. Er reichte Karin Stolten die beiden Umschläge.

»Die können Sie gerne behalten.«

Kupery nickte und hakte nach: »Sonst haben Sie nichts entdeckt? Keine weiteren Hinweise?«

»Nein! Ich habe sein Büro jetzt geräumt, und aus einem alten Buch, einer Chronik des Schützenvereins, fielen diese beiden Kuverts.«

Kupery sah sie auffordernd an, aber es kamen keine weiteren Erklärungen.

Karin Stolten stand auf. »Ich hoffe, Sie kommen bald weiter mit Ihren Nachforschungen.«

Kupery blieb sitzen und sah Karin Stolten herausfordern an. »Ich verstehe Sie nicht! Laut Testament erhalten Sie vom Verkauf des Wertpapierdepots und der Villa ein Anteil. Es kann Ihnen doch egal sein, ob und wann der verlorene Sohn gefunden wird.«

Ihr Gesichtsausdruck verhärtete sich noch weiter. »Sie verstehen wirklich nichts!«, lachte sie verbittert auf. »Meine Stiefkinder werden keine Skrupel kennen, die Villa bestens zu verkaufen – und ich stehe auf der Straße.« Sie dreht sich um, machte zwei Schritte zur Bürotür. Dort dreht sie sich noch einmal um und zeigte ein falsches Lächeln. »Mir bleibt also nur die Hoffnung, dass sie an ihrem fetten Erbteil ersticken und ich doch in der Villa wohnen bleiben kann.«

Ohne lästige Abschiedsgrüße verließ sie das Büro und eilte hinaus aus dem Buchladen.

Nur wenige Augenblicke später streckte Susanne ihren Kopf ins Büro. »Wow. Das hört sich aber nach einem heftigen Krieg der Erben an.«

Kupery grinste. »Hast du etwa gelauscht?«

»Sie war so laut, da konnte ich gar nicht weghören. Hast du gesehen, wie sie rumläuft? Sie scheint ja nicht gerade in Trauer zu sein.«

Kupery musste lachen. »Oh, diese Konventionen. Trauer muss Elektra tragen!«

Susanne drohte ihrem Mann. »Wenn ich mal sterbe, gehst du mindestens ein Jahr lang in Schwarz!«

Er stöhnte lachend auf: »Versprochen, wo ich ja schon heute nur schwarze Klamotten habe.«

Die Ladenglocke kündigte einen neuen Kunden an. Susanne schaute kurz hinüber und lächelte ihren Mann dann süffisant an. »Deine Kundin!«

Kupery runzelte die Stirn und sah sie fragend an. Dann erhob er sich und drückte sich an seiner Frau, die im Türrahmen stehen geblieben war, vorbei in den Laden. Er entdeckte die einzige Kundin sofort und warf Susanne noch rasch einen bösen Blick zu.

Anneliese Obermüller stand mit dem Rücken zu Kupery vor dem Regal mit den Neuerscheinungen. Die kleine Frau mit der schlanken Figur hielt sich fit mit Laufen, Schwimmen und Yoga. An diesem Tag hatte sie offensichtlich ihr Laufpensum schon hinter sich. Sie trug neongrüne Sneaker, eine eng sitzende, dreiviertellange Leggins mit Leopardendruck und ein Trikot mit dem Emblem des hiesigen Sportvereins. Aus der feuerroten Kappe auf ihrem Kopf ragte hinten ein Pferdeschwanz heraus.

Kupery gab sich charmant. »Hallo, Frau Obermüller. Da freue ich mich aber, Sie mal wieder hier begrüßen zu können.«

Eine rasche Drehung, und Anneliese Obermüller strahlte ihn an. »Oh. Hallo! Der Chef bedient heute selber!«

Kupery trat näher an sie heran, sodass sie zu ihm aufsehen musste. Er beugte sich verschwörerisch vor und sagte leise: »Lassen Sie das bloß nicht meine Frau hören! Sie ist hier die Chefin, ich bin nur der Assistent der Geschäftsleitung.«

Sie lachten beide, doch Frau Obermüller brach unvermittelt ab und wurde ernst. »Das war doch die Frau Stolten, die hier soeben aus dem Laden schwebte?«, zischte sie. Mit deutlicher Verachtung fuhr sie fort: »Ich wusste gar nicht, dass die lesen kann.«

Kupery hob beschwichtigend die Arme. »Aber, aber! Das war jetzt sehr böse!«

»Sie war aber auch sehr böse zu mir. Wissen Sie, fast sechs Jahre habe ich ihr und ihrem Mann den Haushalt geführt. Und dann, von heute auf morgen, hat sie mich abserviert. «

Kupery war neugierig geworden. Tat sich da eine neue Informationsquelle auf? »Einfach so?«, fragte er mitfühlend.

Anneliese Obermüller lachte auf. »Einfach so! Es gab keine Begründung. Aber ich kann mir schon denken, warum die mich loswerden wollte.« Jetzt war sie es, die sich verschwörerisch zu Kupery vorbeugte. »Der alte Stolten hat es doch tatsächlich bei mir probiert. Wenn Sie verstehen, was ich meine.«

»Nein!«, sagte Kupery in gespielter Empörung.

Anneliese Obermüller war jetzt nicht mehr zu bremsen. »Aber nicht mit mir! Nein, nein. Das hat sie wohl mitbekommen und mich daher gefeuert. Vielleicht auch, weil ich doch häufig mitbekam, wen sie alles ins Haus einlud. Oh Mann, ich sag Ihnen, dem ollen Stolten hätte mal jemand raten sollen, einen Vaterschaftstest zu machen.« Sie blickte sich rasch um, ob es weitere Zuhörer gab. »Ob der Florian wohl von ihm ist ... ich habe da gewisse Zweifel. Aber von mir haben Sie das nicht! Ich habe nichts gesagt!« Sie wandte sich rasch ab und widmete sich wieder den Büchern.

Kupery brauchte einen Moment, das Gehörte einzuordnen. Er sah gedankenverloren auf den wippenden Pferdeschwanz. Schwarze Haare unter der roten Kappe. Plötzlich fiel ihm das Gesicht im Fenster ein.

»Sagen Sie, Frau Obermüller, wann wurde Ihnen dort gekündigt, und waren Sie danach noch einmal in der Villa?«

Anneliese Obermüller braucht nicht lange zu überlegen. »Das war jetzt vor gut einem Jahr. Und nein, seitdem habe ich das Haus nicht mehr betreten. Wozu auch?«

Kupery beschäftigte noch etwas anderes. »Haben Sie damals auch in der Villa gewohnt? Hatte man Ihnen ein Zimmer gestellt?«

»Nein! Wo denken Sie hin? Ich durfte jeden Abend von Währentrup nach Hause fahren. Gottlob konnte ich mir ein kleines Auto leisten, denn sonst hätte ich manche Nachtwanderung unternehmen müssen. Aber kommen Sie, Herr Kupery, ich brauche Lesestoff! Was haben Sie für mich? Schön spannend, schön blutig!«

# 12. KAPITEL

Klaus-Peter Schlotthauer rollte gemütlich die Hauptstraße hinunter. Er hatte einen Ausflug zur Alexanderkirche gemacht. Nicht etwa, weil er eine besondere oder innige Beziehung zu diesem Gotteshaus im Besonderen und zur Religion im Allgemeinen hatte. Weder die im gotischen Stil errichtete Kirche mit den schönen, farbigen Fenstern noch die mächtige Orgel mit dem Prospekt von 1688 waren Ziel seines Ausfluges. Vielmehr gab es auf der Rückseite der Kirche einen kleinen, parkähnlichen Garten, der kaum einsehbar war. Hierher verirrte sich kaum ein Kirchgänger. Bestenfalls wurde der Rasen zum Leidwesen des Küsters mitunter als Hundetoilette missbraucht.

Schlotti, wie er gerne genannt werden wollte, genoss die Ruhe auf dem schmalen Weg, der um die Kirche führte. Vor dem ehemaligen Pfarrhaus stand der alte Dorfbrunnen zur Erinnerung an Zeiten, in denen das Wasser noch nicht bis in die Häuser geflossen war.

Auf der Bank direkt am Brunnen traf Schlotti auf Jens Pölter. Der Fünfundfünfzigjährige lebte auf dem Hof seiner Schwester in einem alten Bauwagen am Rande des Naturschutzgebietes und in unmittelbarer Nähe zum Truppenübungsplatz. Früher auch als Landwirt tätig, engagierte er sich nun ausgiebig für den Naturschutz und unterstützte alle Bemühungen, das Truppenübungsgelände in ein Naturreservat umzuwandeln. Da er häufig durchs Gelände streifte und dabei immer eine alte, speckige Lederjacke zur Jeans trug, wurde er bald nur noch »Der Trapper« genannt. Schlotti hatte von ihm gehört, war ihm aber bisher noch nie begegnet.

Er grüßte freundlich, konnte dann seine Neugierde nicht verbergen. »Sie sind also der Trapper?«

Der Angesprochene lächelte, und dabei zierten unzählige Falten das wettergegerbte Gesicht. »Ist doch prima, wenn der Spitzname fast schon eine Auszeichnung ist.«

Die beiden waren sich sofort sympathisch, und so entspann sich bald eine rege Unterhaltung. Der Trapper erzählte begeistert von seiner Arbeit in der Natur und für welche Naturschutzorganisationen er zumeist ehrenamtlich arbeitete.

Schlotti war ehrlich beeindruckt. »Sagen Sie«, fragte er nach, »was treibt Sie denn aus dem ostwestfälischen Outback, der Senne, hier herauf in die Bergstadt?«

Es ertönte ein herzerfrischendes Lachen. »Sie werden es kaum glauben, aber auch so ein Naturbursche wie ich braucht einen Personalausweis. Dafür wurden heute besonders schöne Fotos von mir gemacht.«

»Jau!«, bestätigte Schlotti, »diese Fotos kenne ich. Augen geradeaus, nicht lachen, und wenn du Bartträger bist, am besten fünf Jahre nicht rasieren.«

Beide lachten laut, bis der Trapper ernst wurde. »Die Buschtrommeln berichten von großer Gefahr für die Natur.«

Schlotti konnte nur mit einem verständnislosen »Hä?« antworten.

Der Trapper sprach jetzt leiser, grade so, als ob er ungebetene Zuhörer vermutete. »In der Nähe des Segelflugplatzes ist wohl ein riesiges Bauprojekt in der Planung. Eigentlich für das Naturreservat vorgesehene Grundstücke scheinen schon neue Eigentümer gefunden zu haben. Gemunkelt wird von einem Hotel mit Wellnessoase, praktischerweise mit angeschlossenem Flugplatz sozusagen.«

Schlotti stieß hervor: »Das wäre ja wohl eine Riesensauerei! Wer genehmigt denn so etwas?«

»Ich weiß nicht, ob man schon im Genehmigungsverfahren ist.«

»Und wer könnte darüber Auskunft geben?«, wollte Schlotti interessiert wissen.

»Ich denke, die Kreisverwaltung, die könnte das. Allerdings habe ich die in den letzten Jahren so mit Eingaben zugedeckt, dass sie gerade nicht so gut auf mich zu sprechen sind.« Der Trapper lächelte gequält.

Schlotti versprach, seine Fühler einmal auszustrecken. »Wo finde ich Sie?«, wollte er zum Abschied wissen.

Der Trapper deutete mit der Hand in Richtung Senne. »Immer bei den Ochsen!«

Keine zehn Minuten später hatte Schlotti seine Wohnung erreicht. Er schaute auf die Uhr. Noch gut 45 Minuten, bis er vom Fahrdienst abgeholt und zum Sport gebracht wurde. Zeit genug also, die neuen Informationen einzuordnen und erste Abfragen zu starten. Er rollte vor seinen überdimensionierten Schreibtisch, der von drei großen Monitoren eingenommen wurde. Schlotti hatte sich schon vor seiner Verletzung in die Welt der EDV eingearbeitet. Ihn faszinierte die Möglichkeit, die unterschiedlichsten Aufgaben auf diverse Weisen anzugehen und sich Informationen über alles und jeden im weltweiten Web zu verschaffen. So kam es mit der Zeit, dass neben einem Apple iMac auch ein Windows Rechner stand und daneben ein drittes System mit einem etwas kleineren Monitor mit dem Linux-Betriebssystem lief. Dieser Rechner war über eine separate Leitung mit dem Internet verbunden und diente vor allem zu Recherchen im sogenannten Darknet, der »dunklen Seite« des Netzes. Schlotti war kein Hacker. Ihn interessierte lediglich, wie so etwas funktionierte.

Er entschied sich, zunächst das Informationssystem des Rathauses zu durchforsten. Es war allgemein zugänglich, und er probierte einige Schlagwörter für die Suchfunktion wie *Naturschutz* und *Hotel*. Es brachte ihn jedoch nicht weiter. Er rief die Webseite des Kreises auf. Hier gab es einen passwortgeschützten Bereich für Mandatsträger. Dem würde er sich in Ruhe widmen müssen.

\* \* \*

An der Kaffeemaschine hantierend überdachte Kupery den Fall. Erwin Stolten hatte seiner Familie ein Kuckucksei untergeschoben – und er sollte jetzt den Vogel finden. Die Ehefrau Nummer zwei wusste von nichts, fand aber plötzlich zwei Briefe. Sohn Michael und Tochter Tanja wussten auch nichts. Sohn Florian hatte er noch nicht gesprochen.

Der Buchhalter, der wusste wenigstens etwas. Aber konkret hatte er überhaupt nichts gesagt. Wen hatte er außerdem noch nicht interviewt?

Kupery ging zurück an seinen Schreibtisch, kramte in seinen Unterlagen die Nummer von Ehefrau Nummer eins heraus, Maria Stolten, und wählte ohne große Hoffnung die Nummer.

»Ja? Maria Stolten hier?«, meldete sich eine melodische Stimme.

»Hallo, Frau Stolten. Mein Name ist Kupery, Christian Kupery aus Oerlinghausen.«

»Oh, hallo, Herr Kupery. Meine Tochter deutete bereits an, dass Sie mich ansprechen würden.«

»Sie hat Ihnen sicher auch bereits verraten, warum ich Sie sprechen möchte. Es geht um die Hinterlassenschaft Ihres Exmannes.«

Im Hintergrund erklang ein lautes Geräusch, das Kupery seltsam vertraut vorkam.

»Entschuldigen Sie bitte, Herr Kupery. Ich habe mir gerade einen Kaffee gemacht und total vergessen, wie laut die Maschine dabei ist.«

»Das kenne ich. Dann trinken wir doch gemeinsam unseren Kaffee. Wohl bekomm's.« Er nahm einen Schluck aus seinem Becher. Dann fuhr er fort. »Sie wissen bereits, dass Ihr Exmann einen weiteren Sohn in seinem Testament erwähnt. Ich soll ihn ausfindig machen. Dabei habe ich das Gefühl, ich jage einem Phantom hinterher.«

Maria Stolten antwortete mit einem herzlichen Lachen. »Und ich soll Ihnen dabei helfen?«

»Nun ja, es muss doch jemanden auf dieser Welt geben, der mir sagen kann, wo diese Barbara Müller mit ihrem Sohn geblieben ist.«

Maria Stolten antwortete nicht, und die Stille irritierte Kupery.

»Frau Stolten? Sind Sie noch dran?«

»Ja, ich frage mich nur, wie ich Ihnen dabei helfen soll.«

»Ihr Mann hatte Ihnen nicht von seinem –, ich nenne es mal Fehltritt erzählt?«

Wieder lachte Maria Stolten hell auf. Es klang irgendwie sympathisch. »Nein, mein Mann hat mir von seinen Fehltritten nie etwas erzählt. Das habe ich immer nur von anderen gehört.«

Kupery stutze. »Sie meinen, es gab mehr als ein Verhältnis?«

Maria Stolten sprach jetzt sehr gefasst. »Sehen Sie, Herr Kupery, mein Mann war zeitlebens ein Don Juan, ein Frauenheld, wie er im Buche steht. Die Erkenntnis traf mich, als es zu spät war. Unsere Ehe war eigentlich schon nach fünf Jahren zerrüttet. Allein der Kinder wegen sind wir zusammengeblieben, haben den Schein einer glücklichen Ehe nach außen gewahrt. Um es offen zu sagen, mir wären die finanziellen Einbußen nach einer Scheidung zu hoch gewesen.«

Kupery versuchte, das Gehörte einzuordnen. »Moment mal, Ihr Exgatte war doch vermögend. Ihnen stand doch ein angemessener Unterhalt zu.«

»Herr Kupery«, antworte Maria Stolten sanft, »wollen wir uns jetzt über Begriffe wie Ehevertrag, Gütertrennung und anderes unterhalten?«

»Ich verstehe. Dann haben Sie sich also erst mit der Scheidung einverstanden erklärt, als Karin, die zweite Frau Ihres Mannes, schwanger war?«

Wieder erklang das warme herzliche Lachen. »Nein, wer erzählt Ihnen denn so etwas?«

»Nun, Karin Stolten erwähnte, dass sie Ihnen ein Ultraschallbild geschickt hätte.«

Maria Stolten gluckste vor Vergnügen, und Kupery hatte einen Moment den Verdacht, in einer falschen Comedy zu sein.

»Oh nein, das hätte sie wohl gerne gemacht! Zu köstlich, wirklich, Herr Kupery. Zu köstlich.« Sie musste offenbar zu Luft kommen, dann erst konnte sie erklären: »Mein Mann und ich hatten uns schon lange vor dem Verhältnis mit Karin getrennt. Allerdings hatten wir aus Kostengründen auf eine Scheidung verzichtet. Sie können sich vielleicht vorstellen, wie groß meine Überraschung war, als mein Mann dann doch die Scheidung verlangte. Es war nur noch eine Formsache, die Kinder waren doch schon erwachsen.«

»Also alles Friede, Freude, Eierkuchen?«

»Nicht ganz. Mein Mann war halt sparsamer Lipper. Ein wenig haben wir uns über meinen Unterhalt gestritten. Aber letztlich haben wir auch da eine Einigung gefunden.«

Kupery setzte nach: »Ich vermute jetzt mal, dass etwa zeitgleich mit Ihrer Trennung und dem Verhältnis mit Karin Ihr Mann auch ein Verhältnis mit dieser Barbara Müller gehabt haben könnte. Daraus ist ja wohl dann ein Sohn entstanden. Kannten Sie eigentlich die Damen?«

»Die Karin kannte ich nicht gut. Die war halt Sekretärin meines Mannes und deutlich jünger. Barbara kannte ich aus Schulzeiten.«

Endlich, ein Anhaltspunkt! Kupery atmete innerlich auf. »Waren Sie Freundinnen?«, hakte er sofort nach.

»In der Schule ja. Später nicht mehr. Da ging jede ihren Weg. Sie ist vor mir aus Oerlinghausen weggezogen.«

»Ja, nach Wiesbaden. So viel ist bekannt«, warf Kupery ein.

»Ich erinnere mich. Sie war so sprachbegabt und wollte immer gerne Flugbegleiterin werden. Wir haben uns irgendwann aus den Augen verloren.«

»Das ist schade«, murmelte Kupery etwas gedankenverloren. Er fasste sich jedoch rasch. »Können Sie mir etwas zur Familiensituation von Barbara sagen? Wo hat sie gewohnt? Leben ihre Eltern noch? Hat sie Geschwister? Gibt es noch mehr gemeinsame Freundinnen? Wirklich, ich bin für jeden kleinen Hinweis dankbar.«

»Nun, Barbara war Einzelkind. Sie wohnte mit ihren Eltern damals in der Detmolder Straße. Das Haus existiert heute nicht mehr. Leider kann ich mich auch nicht an weitere gemeinsame Freundinnen erinnern.«

Kupery glaubte, so etwas wie Ungeduld in ihrer Stimme vernehmen zu können. Es entstand eine Pause.

»War es das, Herr Kupery?« Sie verabschiedete sich und beendete das Gespräch.

Kupery starrte gedankenverloren auf sein Telefon und danach auf seine Aufzeichnungen. Ein Begriff hämmerte ihm durch den Kopf: Sackgasse!

Seine Frau riss ihn aus seinen Gedanken. »Hör auf, Trübsal zu blasen. Ich glaub, der Junge muss mal an die frische Luft! Ein bisschen Bewegung wird dir guttun.« Sie platzierte einen Karton mit der Aufschrift *Stadtbücherei* auf seine Papiere. »Bring das bitte hinauf ins Bürgerhaus. Dort warten sie bereits auf die Lieferung. Danke, du bist ein ganz Lieber.« Ein dicker Schmatz auf seinen Kopf und schon war sie wieder in die Ladenräume verschwunden.

Kupery brummelte etwas Unverständliches in seinen nicht vorhandenen Bart, trollte sich aber gehorsam mit dem Paket.

# 13. KAPITEL

Schlotti goss sich ein großes Glas Wasser ein und schaute prüfend in den Kühlschrank. Einkaufen würde er auch noch müssen. Erst einmal wollte er jedoch noch einen Anruf erledigen. Schon nach dem zweiten Klingelzeichen meldete sich der Angerufene.

»Hallo Schlotti, altes Haus, wie geht es dir?«

Gerd Holdt, Lokalredakteur der Tageszeitung, hatte Schlottis Rufnummer natürlich gespeichert.

»Sehr gut, mein Lieber«, antwortete Schlotti. »Hast du schon wieder Urlaub oder bist du im Einsatz?«

Gerd lachte. »Du weißt doch, ein Redakteur ist immer im Einsatz. Liegt was an? Brennt das Rathaus?«

»Noch nicht! Könnte aber bald passieren, wenn an der Story was dran sein sollte.« Er machte eine Kunstpause. Er war sich sicher, dass er Gerds volle Aufmerksamkeit hatte.

»Hast du etwas läuten hören von einem Großprojekt in der Nähe des Segelflugplatzes?«

»Ähm ... Ähhh ... Nein?«

Schlotti war das Zögern nicht entgangen. Dennoch fuhr er ungerührt fort. »Man munkelt, dort soll ein großes Hotel mit Wellnessbereichen und anderem entstehen. Es wird erzählt, dafür hätten auch schon Grundstücke den Besitzer gewechselt. Grundstücke, die eigentlich zum Schutzgebiet gerechnet werden.« Schlotti gab Gerd Gelegenheit, das Gehörte zu verarbeiten.

»Mann Schlotti. Das ist doch Schnee von vorgestern. Das war mal vor vier oder fünf Jahren ein Thema. Seinerzeit wurde über den Abzug der Briten vom Truppenübungsplatz spekuliert. Einige sprachen sich für die Erschaffung eines Naturreservates aus. Andere wiederum wollten mit einem Luxushotel eine kaufkräftige Klientel anziehen.«

Schlotti schnaubte ungehalten ins Telefon.

»Es würde mich schon überraschen«, fuhr Gerd fort, »wenn diese Pläne heute wieder aktuell sein sollten.«

»Wer könnte das denn wissen?«, fragte Schlotti nach.

»Nun, der Landrat, die Kreisverwaltung und … warte mal …« Schlotti hörte, wie Gerd die Tastatur seines Rechners bearbeitete. »Ja, die Firma Hausmann in Detmold war seinerzeit in die Planung eingebunden. Vielleicht wissen die mehr.«

»Danke. Ich kann ja mal nachfragen. Wirst du darüber berichten?«

»Nein, ganz ehrlich, Schlotti, das ist für einen Bericht noch viel zu dünn. Aber halt mich auf dem Laufenden, solltest du mehr erfahren.«

Sie verabschiedeten sich herzlich voneinander.

Ein Blick auf die Uhr zeigte Schlotti, dass er noch Zeit für einen weiteren Anruf hatte. Er rief sich das Organigramm der Kreisverwaltung auf seinen Bildschirm. Schnell fand er die Rubrik *Umwelt, nachhaltige Entwick-*

*lung und Mobilität*. Hier gab es sogar einen Ansprechpartner für Landschaft und Naturhaushalt. Das müsste richtig sein, sagte er sich, während er die Nummer wählte.

Sofort meldete sich der Automat: »Sie rufen außerhalb …« Schlotti drückte das Gespräch weg. Was dachte er sich denn, am Freitagnachmittag bei der Verwaltung anzurufen! Das musste also bis zum kommenden Montag warten.

Im Netz suchte er nach der Baufirma Hausmann in Detmold. »Gebrüder Hausmann Bauunternehmung und Entwicklungsgesellschaft mit beschränkter Haftung« lautete die Firmierung auf einer wenig ansprechenden Webseite. Immerhin konnte man ihr entnehmen, dass zwei Brüder das Unternehmen leiteten. Er suchte nach den Telefonnummern und entschied sich dafür, direkt die angegebene Mobilnummer anzurufen.

»Ja, Hausmann hier«, meldete sich schon nach kurzer Zeit eine kratzige Stimme.

»Guten Tag, Herr Hausmann, mein Name ist Schlotthauer. Ich bin freier Journalist und schreibe unter anderem für die *Nature* und die Publikationen des BUND. Darf ich Ihnen ein, zwei Fragen stellen?« Schlotti hoffte, dass dies professionell genug klang, um ein Ja zu bekommen.

»Worum geht es denn?«, krächzte die Stimme. Hausmann saß vermutlich im Auto und die Freisprecheinrichtung schien etwas mitgenommen.

»Uns ist zu Ohren gekommen, dass im Bereich des Naturschutzgebietes der Wistinghauser Senne ein Hotelprojekt geplant wird und Ihr Unternehmen darin involviert ist.«

Hausmann lachte am anderen Ende. »Oh Mann, das ist aber eine ganz olle Kamelle. Das Projekt ist doch schon vor Jahren gestorben, noch bevor es überhaupt geboren wurde.«

Schlotti versuchte so etwas wie Enttäuschung in seine Stimme zu legen. »Dann ist da ja gar nichts dran!«

»Nein, mein Lieber. Da können Sie höchstens noch ein totes Pferd reiten, wenn Sie verstehen, was ich meine.«

»Na gut. Eine letzte Frage noch. Hier in Oerlinghausen ist kürzlich der Unternehmer Stolten gestorben. Man hört aus Kreisen der Politik, dass noch einige wenige Grundstücke zur weiteren Entwicklung veräußert werden sollen. Ist Ihr Unternehmen da mit am Start?«

Schlotti hatte diese Frage aus dem Bauch heraus gestellt, ohne einen konkreten Anlass dafür zu haben.

Hausmann ließ sich Zeit mit der Antwort. »Davon ist mir nichts bekannt. Und sollte es so sein, würde ich mich bestimmt nicht mit Ihnen darüber unterhalten.« Er legte auf.

Schlotti schmunzelte in sich hinein. Es kam doch immer darauf an, auf welchen Busch man klopfte.

# 14. KAPITEL

An diesem Freitagabend brauchte Simone Schneider wie üblich etwas länger, um sich ausgehfertig zu machen. Das richtige Partyleben begann erst nach Mitternacht in den Clubs, wenn die Jungspunde und Teenies nach Hause mussten. Simone gönnte sich ein ausgiebiges Schaumbad, lackierte die Fuß- und Fingernägel in auffälligem Signalrot und probierte diverse Kleidungsstücke vor ihrem großen Spiegel an. Sie gönnte sich dabei eine Flasche alkoholfreien Sekt. Der schmeckte ihr, was sie vor ihren Freundinnen niemals zugeben würde. Außerdem erlaubte er ihr, später mit ihrem alten Fiat Panda zu fahren, ohne eine Polizeikontrolle fürchten zu müssen. Im Club würde sie wie immer einige Energydrinks konsumieren, um in Form zu bleiben.

Als die Kleiderauswahl getroffen, die Schminkprozedur erledigt und die wichtigsten Utensilien in einem kleinen, goldenen Handtäschchen verstaut waren, schaute Simone sich suchend um. Sie hatte sich online ein paar farbige Kontaktlinsen bestellt. Laut Werbung sollte die Strahlkraft ihrer Augen verstärkt werden. Sie hatte diesen Effekt schon bei einer Freundin entdeckt und wollte ihn unbedingt für sich nutzen. Allerdings konnte sie die Packung nicht finden. Dabei war ihre Wohnung nicht einmal groß, es herrschte aber ein kreatives Chaos darin.

Plötzlich fiel es ihr wieder ein: Sie hatte sich das Päckchen in die Firma senden lassen. Dort lag es noch in ihrem Schreibtisch. Entspannt und fröhlich beschloss sie, den Umweg zur Firma auf jeden Fall noch zu machen. Ihre Freundinnen sollten vor Neid platzen.

Kurz vor Mitternacht machte sie sich auf den Weg. Vor dem Hochhaus in der Südstadt lungerten noch ein paar Jungen herum. Die pfiffen ihr anzüglich hinterher, als Simone etwas kräftiger als notwendig ihre Hüften kreisen ließ. Sie brauchte nicht länger als eine Viertelstunde, bis sie auf den Parkplatz der Firma Stolten fuhr. Es bereitete ihr ein heimliches Vergnügen, auf den für den Chef gekennzeichneten Parkplatz zu fahren. Aus ihrer Handtasche kramte sie den Schlüsselbund und betrat das Firmengebäude. Sie ging direkt zu ihrem Schreibtisch. In der obersten Schublade lag die kleine, blaue Packung. Sie überlegte. Sie brauchte einen Spiegel, um die Linsen sicher einzusetzen. Kurzerhand ging sie Richtung Damentoilette. Auf dem Weg dorthin fiel ein Licht unter der Türe zum Archiv auf den Gang.

Dafür gab es nur eine Erklärung: Sie selbst musste vergessen haben, das Licht auszumachen. Simone seufzte, öffnete die Tür und suchte den Lichtschalter. Plötzlich warf das Licht einen dunklen Schatten auf sie und auf die Wand. Erschrocken dreht sie sich um.

»Was machen Sie denn hier?«

Das waren ihre letzten Worte, bevor ein Feuerlöscher sie hart an der Schläfe traf. Sofort klaffte dort eine große, blutende Wunde. Simone sackte an der Wand entlang in sich zusammen und glitt zu Boden.

Ihre letzte Frage würde auf immer unbeantwortet bleiben.

# 15. KAPITEL

Der Samstagvormittag gehörte ganz seiner Frau und dem Buchladen. Es war viel zu tun, darüber hinaus ging ihm der Stolten-Fall nicht aus dem Kopf. Nach dem Gespräch mit Ehefrau Nummer eins wollte er noch einmal mit Herrn Träger, dem alten Buchhalter sprechen. Jetzt stand er mit einem Kunden vor dem Regal *Mord und Totschlag*.

Der Mann war noch unschlüssig. Kupery hatte ihm drei Romane kurz vorgestellt und ihm versichert, dass bei keinem das Blut in Strömen aus den Buchdeckeln floss. Zufrieden nahm Kupery zur Kenntnis, dass der Mann sich mit zwei Romanen zur Kasse begab. Seine dritte Empfehlung sortierte er wieder in das Regal. Er stellte weitere Bücher gerade, sortierte ein wenig neu und sinnierte gerade über das Angebot der Regionalkrimis, als seine Frau neben ihn trat.

»Na?«, stieß sie ihn an. »So in Gedanken versunken?«

»Ich frage mich gerade, wie wohl Koslowski an diesen Fall herangegangen wäre.«

»Oder vielleicht Sherlock Holmes?«, frotzelte seine Frau. »Frag doch lieber eine Frau … Miss Marple!« Lachend wandte sie sich ab.

»Ich habe den Eindruck, du nimmst mich nicht für voll!«, brummte Kupery seiner Frau nach.

»Das will ich auch schwer hoffen, dass du nicht voll bist. Komm, mach uns einen Kaffee. Das hebt deine Stimmung.«

Dieser Aufforderung kam er nur zu gerne nach.

Er nutzte die Gelegenheit, um rasch die Nummer von Walter Träger in sein Handy zu tippen. Sofort kam die Ansage, dass der Teilnehmer nicht zu erreichen sei. Nicht einmal eine Nachricht konnte er hinterlassen.

Um 13 Uhr schloss die Buchhandlung, und Kupery überließ seiner Frau die Abschlussarbeiten. Er verzog sich ins Büro. Dort versuchte er erneut erfolglos, Walter Träger zu erreichen. Danach wählte er die Nummer des Archäologischen Freilichtmuseums.

Die Dame am Empfang wusste nicht, ob Herr Träger heute noch tätig war. Kupery hörte, wie sie einem Kollegen zurief: »Hey Jens, weißt du, ob der Walter heute noch Dienst hat?«

Die Antwort konnte Kupery leider nicht verstehen. Aber die freundliche Dame gab den Hörer einfach weiter.

»Hallo? Jens Pölter hier!«, meldete sich eine sonore Stimme.

»Guten Tag, Herr Pölter, mein Name ist Kupery. Ich bin auf der Suche nach Walter Träger. Ich erreiche ihn einfach nicht am Telefon.«

Pölter lachte kurz auf. »Das sieht ihm ähnlich. Mal verlegt er das Handy, dann wieder vergisst er, es aufzuladen. Kann ich Ihnen denn weiterhelfen?«

»Eigentlich nicht.« Kupery zögerte kurz. »Oder vielleicht doch. Kennen Sie Walter Träger gut?«

»Gut kennen?«, echote Pölter. »Gut kennen wäre zu viel gesagt. Sicher, wir haben schon das eine oder andere Wort gewechselt. Aber er ist immer sehr verschlossen. Kann man ihm auch nicht verdenken.«

Kuperys Neugier war geweckt. »Wieso denn nicht?«

»Nun, erst verliert er seine Frau an den Krebs und dann noch den Job. Er wäre fast auf der Straße gelandet. Ich habe ihn einige Male hier draußen im Gelände getroffen, da sind wir ins Gespräch gekommen. Er schleppt ein ganzes Bündel Sorgen mit sich herum, und so richtig lässt er niemanden an sich ran, soweit ich das sehen kann. Ich habe ihn dann gefragt, ob er nicht ab und an eine Führung durchs Museum oder durch die Landschaft begleiten will. Was soll ich Ihnen sagen, er macht seine Sache richtig gut. Vor allem mit den Schulklassen und den Jugendlichen kommt er gut zurecht.«

Kupery war ehrlich erstaunt. »Also, ich habe ihn bis jetzt nur einmal getroffen. Aber das hätte ich ihm gar nicht zugetraut.«

»Das glaube ich gerne. Er wirkt ja auch manchmal ein wenig trist«, stimmte Pölter zu. »Die Kids jedenfalls mögen seine spröde Natur. Sie wissen nur manchmal nicht, ob er einen Witz macht oder alles bierernst meint. Na ja, heute wird er wohl nicht mehr kommen.«

Pölter machte eine Pause. Dann sprach er nachdenklich weiter. »Es ist schon ein wenig seltsam. Als ich ihn vor 14 Tagen anrief, um weitere Termine abzustimmen, sagte er mir, dass er eine Weile nicht kommen könne. Er hätte jetzt eine wichtige Aufgabe zu erledigen.«

»Welche Aufgabe das war, hat er nicht gesagt?«

»Nein, aber so ist er eben.«

Kupery bedankte sich und zeichnete gedankenverloren einige Strichmännchen auf seinen Notizblock.

# 16. KAPITEL

**K**arin Stolten fuhr in ihrem weißen SUV zügig vom Parkplatz und befuhr die Detmolder Straße mit überhöhter Geschwindigkeit in Richtung Helpup. Sie rauschte hinunter ins Tal und telefonierte dabei mit einer Freundin. Den alten, grünen Volvo, der ihr vom Parkplatz aus gefolgt war, beachtete sie nicht.

Ein paar Kilometer hinter dem Ortsteil Währentrup bog Karin auf das Gelände eines Pferdehofes ab. Sie parkte den Wagen kurzerhand in Front einiger Pferdeanhänger, die im Eingangsbereich standen, und verschwand in einem der Ställe. Der grüne Volvo war zunächst am Pferdehof vorbeigefahren, wendete jedoch bei nächster Gelegenheit, um auf einem schmalen Forstweg abgestellt zu werden. Der Rest des Weges konnte zu Fuß erledigt werden. In Höhe der Hofeinfahrt bot ein kleines Birkenwäldchen Schatten und ausreichenden Sichtschutz. Von der Straße aus war der lange Lauf der Pistole aus Wehrmachtszeiten nicht auszumachen.

Karin nahm sich heute alle Zeit der Welt für ihren Braunen. Der Hengst war ein Geschenk ihres Mannes. Sie hatte in den letzten Wochen wenig Zeit für ihr einst so geliebtes Hobby gefunden. Ernsthaft dachte sie darüber nach, den Braunen zu verkaufen. Zumal ihre finanzielle Zukunft alles andere als klar und geregelt schien.

Ihr Handy kündigte den Eingang einer SMS an. Rasch warf sie einen Blick aufs Display. Dabei verdunkelte sich ihre Miene. Ihren Hengst führte sie ohne Eile zurück in die Box. Ein letztes Mal tätschelte sie den Hals des Tieres. Dann verließ sie mit energischen Schritten den Stall.

Neben ihrem Auto hatte ein dunkelblauer Audi geparkt. Ein älterer Mann saß gestikulierend auf dem Fahrersitz. Offenbar telefonierte er über die Freisprecheinrichtung. Karin klopfte ungeduldig an das Seitenfenster. Der Mann bedeutete ihr einzusteigen. Sie umrundete das Fahrzeug und wollte die Beifahrertüre öffnen. Diese war jedoch noch verschlossen. Erst als der Mann sein Telefonat beendet hatte, entriegelte er die Türe.

Karin fauchte ihn sofort an: »Warum lässt du mich draußen stehen? Warum steigst du nicht aus!«

Der Mann antwortete mit mühsam unterdrücktem Zorn in der Stimme: »Du glaubst doch nicht, dass ich in den Stall zu den Zossen komme! Im Wagen ist es angenehm kühl, außerdem habe ich nicht viel Zeit.«

Der Mann drehte sich leicht zur Seite, um sie besser fixieren zu können. »Also? Wie sieht es aus? Hast du deine Hausaufgaben gemacht?«, fragte er.

»Wie sollte ich denn? Die ganze Erbschaft liegt auf Eis. Tanja zickt herum, und bei Florian kann ich mir auch nicht mehr sicher sein, auf welcher Seite er steht.«

Sie holte Luft, um fortzufahren, doch der Mann unterbrach sie. »Ist mir auch schon zu Ohren gekommen. Die Kleine erzählt rum, dass sie jetzt eine wichtige Rolle bei der Verteilung des Erbes übernommen hat. Vielleicht sollte ich mich einmal um sie kümmern.«

Karins Augen sprühten Funken. »Es wird sich noch herausstellen, ob sie ein Wort mitreden kann. Das werde ich zu verhindern wissen.«

Der Mann redete nun gefährlich leise. »Ich habe schon ein hübsches Sümmchen in das Projekt am Stadtrand gesteckt. Einen langen Prozess um die Erbschaft kann ich mir nicht erlauben. Die Investoren wollen sehen, dass wir zügig fortfahren können. Hier geht es um eine Menge Geld. Auch für euch Stoltens. Wie zu hören ist, kann gerade Michael mit der Firma eine Finanzspritze gut gebrauchen.«

Karin sah ihn verwundert an. »Was willst du damit sagen?«

»Nun, aus Bankerkreisen ist zu hören, dass es der Firma an Liquidität fehlt und die Kreditlinien in ernster Gefahr sind. Also, rede umgehend mit den Kindern. Wir müssen kurzfristig einen Notartermin vereinbaren.«

Tanja schluckte. »Ich werde sehen, was sich machen lässt!«

Das klang nun nicht gerade zuversichtlich. Der Mann ließ den Motor seines Wagens an. »Hör zu, das Grundstück am Stadtrand ist immer noch auf Erwin eingetragen. Ihr seid die Erben. Macht was draus.«

Karin starrte aus dem Fenster und nickte. »Okay. Verstanden.« Dann wandte sie sich direkt an den Mann, legte ihm eine Hand auf den Arm und fragte mit sanfter Stimme: »Geh'n wir noch eine Kleinigkeit essen?«

Der Mann schüttelte den Kopf. »Keine Zeit. Habe noch ein Treffen mit einigen Ratsmitgliedern. Außerdem habe ich meiner Frau versprochen, heute mal nicht so spät nach Hause zu kommen. Ruf mich an, wenn du was erreicht hast.«

Das Gespräch war beendet. Enttäuscht stieg Karin Stolten aus und sah zu, wie der große Wagen davonfuhr. Zorn und Verbitterung machten sich in ihr breit. Sie stieg in ihr Auto und setzte einige Meter zurück. Mit einem ungewöhnlich lauten Knall zerbrachen die hinteren Seitenscheiben. Vor Schreck trat Karin das Gaspedal durch. Der schwere Wagen machte einen ungeheuren Satz nach vorn und knallte in einen abgestellten Pferdeanhänger. Dieser wurde von der Wucht einige Meter verschoben, die Airbags im Wagen hatten den Aufprall gemildert. Dennoch hing Karin wie paralysiert in ihrem Sitz, unfähig, sich zu rühren. Durch den Knall aufgeschreckt kamen Personen aus den Stallungen herbei. Zwei Frauen öffneten die Türen zum Wagen und redeten auf sie ein.

In dem Birkenwäldchen gegenüber wurde das Ergebnis der Aktion mit einem enttäuschten Knurren kommentiert. Die Zielgenauigkeit der alten Wehrmachtspistole war nur mittelmäßig, zudem fehlte offensichtlich die Übung. Jetzt hatte der Schütze es eilig, den Posten zu verlassen. Als der grüne Volvo wieder an der Hofeinfahrt vorbeifuhr, traf gerade der Rettungswagen ein. Nur kurze Zeit später hielt ein Streifenwagen direkt neben dem verunglückten Fahrzeug. Während der eine Polizist den demolierten Wagen betrachtete, wandte sich der andere an das Team des Rettungswagens.

»Tach zusammen. Was ist denn hier passiert? Haben wir Schwerverletzte?«

Ein Sanitäter schüttelte den Kopf: »Nein! Aber wir bringen die Fahrerin ins Krankenhaus. Es muss abgeklärt werden, ob nicht doch innere Verletzungen vorliegen.«

Der Polizist sah sich suchend im Wagen um. Dann fragte er: »Habt ihr schon die Personalien? Ich sehe keine Handtasche.«

Statt des Sanitäters antwortete Karin mit einer Stimme, die für ihre eigenen Ohren erstaunlich klar und fest klang: »Meine Tasche liegt noch im Wagen. Könnten Sie mir die bitte mitgeben?«

Der Polizist wandte sich um und rief seinem Kollegen zu, er möge im Wageninneren nach der Handtasche suchen. Dann sprach er wieder mit Karin: »Was ist denn passiert?«

»Ich weiß es doch auch nicht! Ich wollte losfahren, da gab es plötzlich diesen fürchterlichen Knall.« Sie stockte kurz. »Es war direkt hinter meinem Kopf. Ich habe so einen Schreck bekommen.«

Der zweite Polizist war an den Rettungswagen getreten und reichte einem Sanitäter die Handtasche.

»Ich habe Ihre Personalien notiert. Frau Stolten, müssen wir jemanden benachrichtigen?«

»Nein, nein, das schaffe ich schon.« Erschöpft ließ sie nun den Kopf auf die Trage sinken.

Der Polizist hob grüßend die Hand. »Alles klar, Frau Stolten, erholen Sie sich erst einmal von dem Schreck.«

Die beiden Polizisten blieben hinter dem demolierten Wagen stehen. Dann gingen sie an die Stelle, an der das Fahrzeug geparkt hatte. Einige Glassplitter auf dem Boden markierten die Stelle.

»Also hier stand der Wagen und hier zerbrachen die beiden Scheiben.« Der zweite Polizist kratzte sich am Kopf. »Beide Scheiben«, hielt er fest. »Aber wieso zerbrechen zwei Scheiben gleichzeitig?«

Die beiden standen jetzt Rücken an Rücken. Während der eine über die Straße auf das Birkenwäldchen schaute, blickte der andere auf die massive Holzwand der Stallungen. Dann machte er zwei Schritte auf die Wand zu, ging in die Hocke und pfiff kurz und knapp. Sein Kollege trat neben ihn. Wortlos deutete der erste auf das Loch in der Holzwand, aus der etwas Metallisches blinkte.

# 17. KAPITEL

Michael Stolten musste ungemein viel Willenskraft aufbieten, um dieses Wochenende zu überstehen. Seine Frau hatte ihm mit ernsten Konsequenzen gedroht, wenn er sich wieder seiner Verantwortung für seine Familie entziehen würde. Er konnte keinen zusätzlichen Ärger gebrauchen. So fügte er sich in das schon lange geplante Ausflugsprogramm. Die Familie war nach Detmold gefahren und hatte das Hermannsdenkmal erkundet. Danach wollten die Jungs sich unbedingt noch im Kletterpark austoben. Michael sollte die Klettermaxe von unten fotografieren. Das sei überhaupt nicht sein Ding und ihm werde übel, hatte er der Familie erklärt. Seine Kinder vermuteten nicht zu Unrecht, dass da wohl auch ein wenig Furcht im Spiel war.

Nun also turnten die Jungs mit ihrer Mutter gut sechs Meter über ihm. Sein Handy meldete einen eingehenden Anruf. Er erkannte die Rufnummer, trotzdem meldete er sich betont neutral. »Ja? Michael Stolten hier?«

»Sag mal, seid ihr Stoltens jetzt eigentlich alle total übergeschnappt, oder was?«, schnarrte ihn eine wohlbekannte Stimme an.

»Was ist denn los?«, knurrte Michael zurück.

»Ich habe gerade mit deiner Stiefmutter gesprochen. Nichts ist los. Das ist es ja. Ich dachte, wir könnten Anfang der Woche zum Notar gehen. Aber nein, ihr kriegt ja noch nicht einmal so eine kleine Erbschaft geregelt.« Der Anrufer war richtig sauer.

Aber er traf auf einen Michael Stolten, der hier die Gelegenheit sah, seinen eigenen Frust abzuladen. »Was soll denn jetzt dieser Scheiß? Glaubst du etwa, wir hätten uns den unbekannten Bruder ausgedacht, oder was? Wir haben doch alle ein Interesse daran, möglichst schnell das Erbe antreten zu können.«

»Dann kommt bitte endlich mal in die Puschen! Deine kleine Schwester tönt laut, sie würde ein gewichtiges Wort mitreden. Deine Stiefmutter will nur den Zossen und die Villa behalten und wo sich dein Stiefbruder rumtreibt, weiß kein Mensch.« Seine Stimme wurde jetzt gefährlich leise. »Und du, mein Lieber, solltest ein gesteigertes Interesse daran haben, bald zu Geld zu kommen. Es gibt da ein paar Leute, die wollen nicht mehr lange warten.«

Die Warnung kam an. Ziemlich kleinlaut meldete Michael jetzt: »Ich tue ja, was ich kann. Kannst du ruhig glauben.«

Aber der Anrufer fuhr dazwischen. »Kennst du einen Schlotthauer?«

»Nein, warum?«

»Der rief mich an und wollte was über Pläne zu den Liegenschaften des alten Stolten wissen. Hat da wer geplaudert?«

»Ich ganz bestimmt nicht, und meine Geschwister wissen doch gar nichts von dem Deal.«

»Ist gut. Kümmere dich mal um diesen Schlotthauer. Er soll seine Nase nicht in Dinge stecken, die ihn nichts angehen. Ich ruf dich wieder an.«

Damit legte er auf und ließ einen ziemlich konfusen Michael zurück.

# 18. KAPITEL

Der GPS-Sender funktionierte einwandfrei und zeigte zuverlässig an, wo sich das Fahrzeug von Florian Stolten befand. Der junge Mann hatte den Nachmittag im Freibad zugebracht und machte sich bereit für eine lange Partynacht.

Es hieß, geduldig zu warten, bis Florians Abend- und Nachtaktivitäten beendet waren.

Gemächlich vom Parkplatz rollend, fuhr der Volvo auf der B 66 Richtung Lage. Ein kleiner, grüner Punkt auf dem Monitor zeigte an, wohin der Audi fuhr und wo er für längere Zeit stand. Auf dem Parkplatz eines Fast-Food-Restaurants mitten in der Stadt. Gelegenheit also, das Standardmenü aus Hamburger, Pommes und Diätcola am Autoschalter zu ordern.

Aus dem Restaurant kamen drei junge Leute. Ein Mädchen und ein Junge gingen Hand in Hand neben Florian zum Audi. Die drei waren bester Stimmung und lachten laut über eine Bemerkung des Mädchens. Sie stiegen ein, die Scheinwerfer flammten auf – und mit sehr viel Schwung sauste der Wagen vom Parkplatz. Der Volvo folgte ihm direkt. Inzwischen war es so dunkel, dass der Sicherheitsabstand verringert werden konnte.

Die Fahrt führte über Augustdorf am Truppenübungsplatz vorbei Richtung Schloss Holte. Ziel war ein Industriegebiet am Rande der Stadt. Dort hatte sich in einer ehemaligen Lagerhalle ein Club etabliert. Der Parkplatz des Clubs war komplett belegt, und Florian musste seinen Wagen ein Stück abseits am Seitenstreifen parken. Die drei jungen Leute marschierten fröhlich Richtung Eingang. Der grüne Volvo parkte in Sichtweite zum Eingangsbereich und zum Audi.

Bereits nach etwas mehr als zwei Stunden kam das junge Mädchen mit raschen Schritten aus dem Club heraus. Dicht gefolgt von dem Jungen, der offensichtlich ihr Freund war. Das Mädchen war in Rage und sprach heftig gestikulierend auf ihren Begleiter ein. Im Volvo wurde das Seitenfenster geöffnet, um hören zu können, was der Anlass für den Streit war.

»Und wenn das tausendmal dein alter Schulfreund ist, Kevin! Der ist doch nicht ganz dicht im Kopf!« Das Mädchen wandte sich um und entfernte sich weiter vom Eingang des Clubs.

»Sophie, nun warte doch auf mich«, rief der junge Mann ihr nach.

Das Mädchen drehte sich noch einmal um. »Hast du eigentlich mitbekommen, dass der Typ mich die ganze Zeit begrabschen wollte?«, fauchte sie ihn an.

Der Junge versuchte zu beschwichtigen. »Der hat das nicht so gemeint, Sophie. Außerdem ist er schon etwas betrunken.«

»Etwas betrunken? Kevin, geht's noch? Soll uns noch nach Hause fahren und haut eine Rum-Cola nach der anderen in seinen hohlen Kopf. Außerdem habe ich gesehen, wie er sich eine Pille eingeworfen hat. Der Kerl kann mir echt gestohlen bleiben.« Wieder wandte sich das Mädchen um und ging einige Schritte. Über die Schulter rief sie ihrem Freund zu: »Ich rufe mir jetzt ein Taxi. Kommst du mit oder bleibst du bei deinem tollen Schulfreund?«

Kevin musste nicht lange überlegen, folgte seiner Freundin und legte ihr den Arm um die Schulter. »Du hast ja recht.« Damit holte er sein Handy aus der Tasche und orderte ein Taxi in das Gewerbegebiet.

Kurze Zeit später trat Florian vor die Tür. Er sah sich verwirrt um und sprach einen der Türsteher an. Der wies mit der Hand in Richtung des Pärchens, das soeben ein Taxi bestieg. Florian rief ihnen noch hinterher: »Verpisst euch doch! Ihr Luschen!« Dann schlenderte er zu seinem Auto. Er machte nicht den Eindruck, als hätte er viel getrunken. Nur wer genauer hinsah, konnte Unsicherheiten in seinen Bewegungen bemerken. Florian bildete sich durchaus etwas darauf ein, dass er schon mehr als eine Verkehrskontrolle mit gut gespielter Selbstsicherheit getäuscht hatte. Er stieg in seinen Wagen und wollte ihn schwungvoll aus der Parklücke setzen. Schon nach wenigen Metern jedoch blieb er stehen und stieg wieder aus. »Oh Mann, so eine Scheiße!«, rief er aus. Der linke Hinterreifen war platt! Wütend versetzte er der Felge einen Fußtritt. Er öffnete die Heckklappe, um das Notfallset hervorzukramen.

Neben ihm hielt ein Auto, eine Tür wurde geöffnet.

Eine schmächtige Stimme fragte: »Kann ich irgendwie helfen?«

Florian sah erst gar nicht auf. »Verzieh dich Mann, oder kannst du mal eben den Reifen aufblasen?«, knurrte er.

Plötzlich fuhr ein heftiger Schmerz durch seinen Körper. Ihm wurde schwarz vor Augen.

# 19. KAPITEL

Dieser Sonntag ist viel zu schön, als dass du ihn im Büro und vor dem Computer verbringen kannst.« Mit der ihr eigenen Entschiedenheit hatte Susanne Kupery ihren Mann zunächst in bequeme Schuhe und dann in den blauen Bulli geschafft. Die matten Abwehrversuche prallten an ihr wie von einer Gummiwand ab. Sie ließ weder ein »so kurz nach dem Frühstück« noch »es wird bestimmt heiß heute« gelten. Vielmehr drückte sie ihrem Gatten seinen Strohhut auf das lichter werdende Haar und beschied: »Heute gehen wir die Ochsentour!« Damit schnürte sie ihre Wanderschuhe fest und verstaute eine Flasche Mineralwasser in einen kleinen Rucksack. Sie setzte sich ebenfalls einen Strohhut auf und kramte aus einer Schublade für sich und ihren Mann Sonnenbrillen hervor. Dabei fiel ihr eine Flasche Sonnenschutzmilch in die Hände, die sie kurzerhand mit einpackte. Ehe sich Kupery versah, saßen sie im Bulli.

Susanne schaute ihren Mann herausfordernd an. »Du darfst sogar bestimmen, wo es losgehen soll. Am Archäologischen Freilichtmuseum oder am Segelflugplatz.«

Er zog umständlich eine Karte aus seiner Weste.

»Du brauchst keine Karte. Ich kenne den Weg«, sagte Susanne nun ungeduldiger und nahm ihm die Karte aus der Hand.

Er startete den Motor und fuhr los. Dabei konnte er es sich nicht verkneifen, ihr zuzuraunen, in der Karte seien aber alle Abkürzungen vermerkt. Doch Susanne lachte nur.

Er brachte sie nah an den Segelflugplatz am Ende der Sennestraße heran. Von hier aus konnten sie oberhalb des Flugplatzgeländes dem breiten Weg in das Weidegebiet folgen. Auf dem Flugplatz starteten in rascher Folge die Segelflugzeuge, und es war immer wieder ein beeindruckendes Schauspiel, wenn an den Winden die orangefarbenen Lichter blinkten und mit einem satten Surren einer der weißen Flieger in den blauen Himmel gezogen wurde. Viele Menschen beobachteten das Schauspiel, wenn an kleinen Fallschirmen die Seilenden zu Boden fielen.

»Viel Verkehr hier«, brummte Kupery. »Nicht nur in der Luft.«

In der Tat waren viele Leute unterwegs. Sie hatten den Flugplatz passiert und folgten der Beschilderung mit dem Ochsen auf grünem Grund noch ein kurzes Stück, bis Susanne rechts in den Wald abbog.

»Ist das auch wirklich 'ne Abkürzung?«, wollte Kupery wissen und nestelte die Wanderkarte hervor.

»Hab Vertrauen. Ich weiß, was ich tue«, beruhigte ihn Susanne. »Ich will mit dir auf die Südkoppel. Wenn so viele Leute den Hauptweg bevölkern, verziehen sich die Rinder doch nur.«

Der Weg wurde immer schmaler, das Buschwerk immer dichter.

»Fehlt noch, dass ich mit 'ner Machete den Weg frei-schlagen muss.«

»Alter Brummbär, nun hör auf zu knöttern.«

Sie erreichten eine kaum befestigte Straße und wandten sich wieder nach Osten. Ein Auto kam ihnen entgegen und zog eine riesige Staubfahne hinter sich her. Kupery bedachte den Fahrer mit einem finsteren Blick.

Kurze Zeit später kamen sie an einem gut abgeschirm-ten und nicht einsehbaren FKK-Campingplatz vorbei. Hier gabelte sich der Wanderweg. An einem Pfosten waren grüne Ochsen-Schilder in Richtung Norden und weiter in Richtung Osten angebracht. Susanne schaute sich suchend um.

Kupery hatte die Karte schon gezückt. Dabei mur-melte er: »Wenn ich gewusst hätte, dass man bis hier hin auch mit dem Wagen hätte fahren können …«

Susanne wandte sich Richtung Norden. »Wenn wir hier entlanggehen, kommen wir wieder auf den Haupt-weg, der an der Zentralkoppel vorbeiführt.«

Kupery deutete in Richtung Süden. »Wenn wir hier abbiegen, kommen wir zum Bokelfenner Krug und können einkehren.« Hoffnungsvoll zog er seine Frau am Arm in seine Richtung.

»Aber Christian, wir sind doch gerade erst losgelau-fen. Komm, wir gehen hier noch ein wenig geradeaus, dann können wir über die Südkoppel …« Sie stand plötzlich starr.

Kupery, der einen halben Schritt hinter ihr ging, prall-te auf ihren Rücken und hielt sie an den Schultern fest. »Was ist denn los?«, fragte er verwirrt.

Susanne sagte nichts und zeigte mit dem ausgestreckten Arm die Böschung zur Rechten hinab. Aus dem Unterholz schauten zwei Beine hervor. Sie erkannten Blue Jeans, graue Socken und graue Sneakers, von denen einer noch am Fuß, der andere unweit entfernt lag.

Susanne wollte sofort losstürmen, aber Kupery hielt sie zurück.

Unwirsch rief sie: »Aber wir müssen doch helfen.«

»Ja sicher, Liebes. Aber schau!« Er zeigt auf deutliche Schleifspuren am Rande des Weges. Im lockeren Sandboden hatten die Fersen Furchen gezogen. »Der ist da nicht ganz freiwillig ins Gebüsch gefallen. Warte hier und rühr dich nicht von der Stelle.« Er selbst näherte sich der Person in einem großen Bogen von hinten.

Bäuchlings, mit nach vorne ausgestreckten Armen wie zum Kopfsprung bereit lag ein junger Mann auf mit grünem Kraut bedecktem Boden. Ein Strauch mit ausladenden Zweigen bedeckte den Körper zum großen Teil. Kupery konnte einige abgeknickte Zweige entdecken.

Vorsichtig näherte er sich und versuchte zunächst, den Mann anzusprechen. Dann tastete er am Hals nach einem Puls. Nichts. Er rüttelte an der Schulter und schrie den Mann laut an.

Keine Reaktion.

Da er noch nie in einer solchen Situation gewesen war, musste er sich konzentrieren und gut überlegen, was zu tun war. Ihm durften jetzt keine Fehler unterlaufen. Er ging wieder vorsichtig auf Abstand. Dann rief er seiner Frau zu: »Ruf rasch die Polizei und erklär denen, wo wir sind. Sie sollen auch einen Krankenwagen mitbringen. Hier liegt ein junger Mann, ich fürchte, der ist tot, bin mir aber nicht sicher.«

Während seine Frau nach dem Handy kramte, hatte er seines schon gezückt und schoss ein paar Fotos. Dann ging er auf demselben Weg zurück zu seiner Frau. Er schoss auch von hier aus noch einige Fotos mit seinem Handy.

Seine Frau hatte das Telefonat beendet. »Wir sollen warten, bis sie hier sind.«

Er nahm sie in den Arm. So standen sie eine Weile still und lauschten den Geräuschen des Waldes.

Susanne fröstelte trotz der hohen Temperaturen. »Konntest du erkennen, wer das ist?«

Stumm schüttelte er den Kopf.

»Meinst du, dass er tot ist?«.

Kupery zuckte lediglich mit den Schultern.

\* \* \*

Am Nachmittag saß Kupery – trotz des schönen Wetters – im Büro. Er hatte vergeblich versucht, Schlotti telefonisch zu erreichen. Daher sandte er ihm eines der Fotos vom Fundort mit der Bemerkung: *Worüber man nicht alles stolpert auf der Ochsentour.* Schlotti würde sich bestimmt bald melden.

Seine Frau kam zu ihm ins Büro. Sie war immer noch mitgenommen und bat ihn: »Machst du uns einen Kaffee und setzt dich einen Moment zu mir nach draußen?«

So saßen sie in ihrem kleinen Garten und sprachen über das Erlebte.

Polizei und Rettungswagen waren zeitgleich am Fundort eingetroffen. Man hatte ihre Personalien aufgenommen, und eine junge Beamtin hatte sich ihren Bericht angehört. Die Rettungssanitäter waren bald darauf wieder abgefahren. Susanne hatte gehört, wie ein Sanitäter sagte, da sei nichts mehr zu machen. Die Polizisten sperrten das Gebiet weiträumig mit rot-weißem Band ab.

Kuperys Handy meldete sich. Schlotti rief zurück.

»Euch kann man auch nicht alleine in die Natur lassen«, meldete er sich auf seine burschikose Art.

Kupery setzte ihn kurz ins Bild.

»Und? Hast du erkannt, wer da lag?«, wollte Schlotti wissen.

»Nein, das Gesicht war total aufgedunsen und über alle Maßen zerkratzt. Den würde nicht einmal mehr seine eigene Mutter erkennen. Armer Kerl! Ich glaube auch nicht, dass er sich ganz alleine ins Gebüsch geschmissen hat.«

»Dann erholt euch mal von dem Schrecken. Bis die Tage!«

Kupery steckte das Handy weg. Er überlegte noch, wie er seine Frau ein wenig aufheitern und ablenken konnte. Da fiel ihm eine ganz wichtige Frage ein: »Liebling, was essen wir denn heute?«

# 20. KAPITEL

Kurz nach Mitternacht fuhr ein älterer Pkw-Kombi auf den Garagenhof in der Nähe des Segelflugplatzes. In einfacher Bauweise standen sich je fünfzehn Garagen gegenüber. Ein schmaler Pfad führte zu den Hochhäusern der Südstadt. Die einzige Beleuchtung des Hofes hatte schon vor Monaten ihren Dienst quittiert. In dieser Neumondnacht waren die Scheinwerfer des Autos die einzige Lichtquelle.

Ein Mann stieg aus dem Kombi und öffnete eine Garage, anschließend fuhr er behutsam hinein. Der Motor erstarb, die Fahrertüre klapperte vernehmlich. Als der Mann aus der Garage trat, wurde er heftig nach hinten gestoßen. Er verlor seine Brille und schlug hart gegen die Heckklappe des Kombis. Benommen versuchte er, sich zu orientieren, als ihn bereits weitere brutale Schläge an Kopf und Körper trafen. In seiner Verzweiflung rutschte er am Wagen vorbei, weiter ins Innere der Garage. Doch der Angreifer blieb hartnäckig an seiner Seite. Er versetzte ihm einen Tritt gegen die Knie. Sein Opfer sank nun endgültig in voller Länge auf den staubigen Boden. Ein grober Stiefel wurde hart auf sein Gesicht gesetzt. Er schmeckte Blut aus seiner aufgeplatzten Lippe. Ergeben schloss er seine Augen.

Das ist dann wohl das Ende, schoss es dem Mann durch den Kopf.

Jetzt löste sich der Stiefel von seinem Gesicht, aber nur, damit die Gestalt ihn mit dem Knie auf seinem Rücken am Boden halten konnte. Der Peiniger beugte sich über sein Opfer, ein nach Nikotin stinkender Atem streifte über das Gesicht.

»Dies ist nur eine Warnung! Wenn du jemals wieder unsere Geschäfte störst, mache ich dich fertig!«

»Was … was habe ich denn gemacht?«, jammerte der Mann kaum verständlich.

Der Mann zischte zwischen den Zähnen hervor: »Das weißt du doch ganz genau.« Er beugte sich tiefer über sein Opfer. »Mit den Bullen hast du gequatscht.«

»Ich?«, kam es noch jämmerlicher zurück. »Ich hab doch nicht mit der Polizei gesprochen.« Er zog die Nase hoch. »Was soll ich denn mit denen reden?« Wieder dieses weinerliche Schniefen.

Der Angreifer ließ ihn noch nicht aus den Fängen. »Wer sollte denen denn sonst den Tipp gegeben haben?«

Jetzt kam es fast ärgerlich hervor: »Was denn für 'nen Tipp? Wer seid ihr überhaupt?« Obwohl er sehr wohl wusste, wer da über ihm hockte, fuhr er fort: »Ich kenne euch doch gar nicht!«

Der Angreifer richtete sich auf und versetzte seinem immer noch starr auf dem Boden liegenden Opfer noch einen heftigen Tritt in die Nieren.

In diesem Augenblick bog ein weiteres Fahrzeug auf den Hof. Kurz streifte das Licht aus zwei Scheinwerfern die Garage. Der Angreifer verzog sich an das Garagentor und wartete, bis der andere Wagen in seine Garage rollte. Dann machte er sich im Schutze der Dunkelheit davon.

Der Mann in der Garage blieb wimmernd liegen. Plötzlich erhellte das Licht eines Handys seine Gestalt. Ein junger Mann fragte besorgt: »Mannomann, was ist Ihnen denn passiert? Können Sie mich verstehen?«

»Ich bin überfallen worden«, krächzte es zurück.

»Ich rufe Ihnen einen Notarzt!« Der junge Mann wollte nach draußen eilen, doch der Verletzte hielt ihn zurück.

»Nein, nicht nötig. Viel ist ja nicht passiert« sagte er, obwohl sein staubiges Gesicht im Schein des Handys ihn Lügen strafte. Er tastete seine Kleidung ab. »Außer ein wenig Kleingeld war bei mir nichts zu holen. Vielen Dank für Ihre Hilfe. Ich schaffe es jetzt allein in meine Wohnung. Noch einmal vielen Dank.«

Der junge Mann zögerte zwar, hob dann aber grüßend die Hand. »Na dann, aber ich werde an die Hausverwaltung schreiben, die sollen endlich das verflixte Licht reparieren. Machen Sie es gut.«

Noch ein wenig benommen schlug er den Staub von der Kleidung. Es war nichts gestohlen worden, und seinen kostbarsten Schatz hatte der Angreifer gar nicht gesucht.

Seine Hand schloss sich um die kleine Speicherkarte in seiner Hosentasche.

# 21. KAPITEL

Wie üblich fuhr Michael Stolten am Montagmorgen gegen acht Uhr bei seiner Firma vor. Ebenfalls üblich war seine unterirdische Laune, wenn er gezwungen war, viel Zeit mit seiner Familie zu verbringen. Seine Frau ließ keinen Fluchtversuch zu und verdonnerte ihn zu dem lange geplanten Ausflug mit den Kindern. Der Besuch bei den Schwiegereltern am Sonntag war die Höchststrafe für ihn.

Der Pegelstand seiner Laune erreichte Rekordtiefe, als er seinen Parkplatz von dem kleinen, gelben Flitzer seiner Mitarbeiterin Schneider belegt vorfand. Vor dem Eingang zur Firma stand rauchend der Lkw-Fahrer Andrzey. Noch vom Auto aus schnauzte Michael ihn an: »Hol sofort die Schneider raus. Sie soll ihre Schrottkarre woanders parken. Was bildet die sich eigentlich ein!«

Andrzey blieb gelassen. »Ich hab sie heute Morgen noch nicht gesehen. Keine Ahnung, wo sich die kleine Zuckerschnecke rumtreibt. Soll ich sie suchen gehen?«

»Nein! Komm mit in mein Büro. Wir haben Wichtigeres zu besprechen. Um die Schneider kümmere ich mich gleich.«

»Schade.« Andrzey grinste anzüglich und trottete hinter seinem Chef ins Firmengebäude.

Im Büro knallte Michael seinen Aktenkoffer auf den Schreibtisch und behielt seinen Kommandoton bei. »Mach die Türe zu! Nein, du wirst jetzt hier nicht rauchen! Du bekommst einen Sonderauftrag.« Aus dem Aktenkoffer holte er ein Formular und übergab es seinem Fahrer. »Du kannst sofort los. Erst einmal machst du die Tour wie immer. Die Abfälle sind schon auf dem Lkw.« Er reichte Andrzey einen Umschlag über den Schreibtisch. »Hier ist die Kohle für den Verarbeiter drin. Sie wollen nur noch gegen Barzahlung für mich tätig werden.«

Der Fahrer verzog das Gesicht. »So schlimm steht es also?«

Stolten versuchte eine entschlossene Miene. »Wir kommen da auch wieder raus. Ich erwarte dich am Mittwoch zurück. Bis dahin habe ich zwei Maschinen auf Palette verladen lassen. Du fährst zu einem Aufkäufer in Berlin und hilfst beim Entladen. Wenn alles in Ordnung ist, wird man dir einen Umschlag mit dem Geld für die Maschinen übergeben. Du fährst dann weiter nach Polen und übernimmst eine Rückladung.«

Jetzt unterbrach Andrzey seinen Chef. »Wo in Polen? Was für eine Ladung? Wohin soll die gebracht werden?«

Michael war bemüht, nicht aufzubrausen. Er musste sich eingestehen, dass dies berechtigte Fragen waren, und versuchte es in einem ruhigeren Tonfall. »Wie du weißt, befindet sich die Firma gerade in einer schwierigen Zeit und nach der letzten Pleite mit unserem kleinen Zigarettengeschäft war ich um einen Ausgleich bemüht. Wir haben hier die Chance, unsere Leistungsfähigkeit zu beweisen, mit der Aussicht auf weitere Touren.« Er sah seinem Fahrer an, dass diese Antwort ihn nicht befriedigte. »Okay, pass auf. Mir wurden auch nicht alle Einzelheiten mitgeteilt. Man hält viel davon, dass jedes Rad im Getriebe nur mit den nötigsten Informationen versorgt ist. Nur so viel: Es handelt sich nicht um Waffen oder Drogen. Man ließ durchblicken, dass es sich um Zigaretten handeln wird.«

»Na toll«, murrte Andrzey auf. »Das haben wir doch schon mal in den Sand gesetzt. Erinnerst du dich? Ich bin immer noch auf Bewährung!«

»Ja schon, aber hier steht eine ganz andere Organisation dahinter, mit einer ausgeklügelten Logistik.«

»Und wie sieht die aus?« Andrzey war noch nicht überzeugt.

»Weiß ich nicht«, gab Michael offen zu. »Aber ich weiß, dass es sich um eine lohnende Tour handelt – auch für dich!«

»Was ist für mich drin?«

»Nach Erledigung warten hier fünf große Scheine auf dich.«

Andrzey pfiff leise.

Michael kramte noch etwas aus seinem Aktenkoffer. Er übergab dem Fahrer ein einfaches, gebrauchtes Handy. »Das hat eine SIM-Karte aus Polen. Du sollst es erst dort einschalten. Es soll nur für Textnachrichten an die eingespeicherte Nummer gebraucht werden – und nur, wenn etwas Außergewöhnliches passiert.«

Andrzey besah sich das betagte Handy und steckte es ein. »Ich hoffe, du weißt, was du da tust und mit wem du dich einlässt. Aber gut: *no risk no fun*.«

Ein gellender Schrei ließ die beiden Männer zusammenzucken. Sie stürmten aus dem Büro und stießen mit der Reinigungskraft Svetlana zusammen. Sie stammelte unentwegt unverständliche Worte und deutete auf die Archivtür.

Michael Stolten fuhr sie an: »Was ist denn los? Was schreien Sie hier so rum?«

Statt ihrer antwortete Andrzey: »Das ist Russisch! Sie hat das Mädchen entdeckt mit ganz viel Blut.« Er öffnete die Archivtüre ganz und blieb so abrupt stehen, dass sein Chef auf ihn auflief.

»Verdammt! Mach Platz!« Michael versuchte, Andrzey beiseitezuschieben, doch der blockierte weiter den Durchgang.

»Nee, Chef, da kannst du jetzt nicht rein. Die liegt da nicht erst seit heute Morgen. Das ist ein Fall für die Bullen.«

»Was weißt du denn schon?«, fuhr ihn Michael an und schob ihn unsanft zur Seite.

»Chef, wenn du da jetzt reingehst und Finger- und Fußabdrücke hinterlässt, wirst du ganz schön was zu erklären haben.«

Die Warnung kam an, Michael hielt in der Bewegung inne. »Okay, rufen wir erst mal den Notarzt an. Und du machst dich sofort auf den Weg. Du bist am besten weg, wenn die Bullen hier eintreffen.« Er ging zum Empfangstresen und wählte die 112.

## 22. KAPITEL

Kupery öffnete eine Schublade an seinem Sideboard und blickte auf seine Auswahl an Kaffeesorten, die er dort in kleinen, braunen Papiertüten aufgereiht hatte. Er entschied sich für einen Espresso und wählte eine Mischung Arabica. Mit einer kleinen Handmühle mahlte er eine Handvoll Bohnen sorgfältig, befüllte den Siebträger und sah sinnierend zu, wie die dunkelbraune Flüssigkeit in die Tasse lief.

Eine wohlbekannte Stimme riss ihn aus seinen Überlegungen.

»Hallo Susanne, ist der Assistent der Geschäftsleitung auch da?« Schlotti war in den Laden gerollt.

Noch bevor seine Frau antworten konnte, rief Kupery schon: »Ich bin im Büro. Komm rein!«

Schlotti ließ sein krächzendes Lachen hören. »Du Spaßvogel! Dann bau doch endlich mal die Stufe zu einer Rampe um.«

Kupery war schon vorgetreten und zog seinen Freund im Rollstuhl die unüberwindliche Stufe hinauf. »Du weißt doch, Schlotti, du kannst hier nicht einfach mal eine Rampe einbauen. Außerdem helfe ich dir doch gerne. Möchtest du einen Kaffee?«

Schlotti fuhr vor den leeren Schreibtisch und schob den Bürostuhl zur Seite. »Ja, gerne. Oh Mann, wie das hier duftet, den muss ich unbedingt probieren. Ist das eine neue Mischung?«

Kupery tat ihm gerne den Gefallen. Während der Zubereitung fragt er: »Was treibt dich zu mir?«

Schlotti druckste ein wenig herum. »Ich wollte dich fragen, ob du mich zur Reha fahren könntest. Mira hat mich versetzt.«

Mira war Schlotthauers Tochter. Sie hatte sich nach dem Abitur den Ratschlägen ihres Vaters widersetzt und eine Ausbildung bei der Polizei begonnen. Aktuell war sie auf der Wache in Lemgo im Streifendienst eingesetzt.

Kupery stellte einen Espresso und den Zuckertopf vor Schlotthauer ab. »Ist doch gar nicht ihre Art«, bemerkte er dabei.

»Nein, wirklich nicht, aber sie haben eine Leiche und müssen noch den Fundort sichern. Ich möchte meine Übungen nicht versäumen. Hast du wohl Zeit?«

»Na klar, mein Bester. Wann musst du denn wo sein?«

»In gut einer Stunde mitten in Detmold. Es ist also noch Zeit. Wir können den Espresso noch genießen.«

Susanne betrat das Büro und lächelte. »Hier duftet es ja wie in einem Café. Guten Tag, Herr Schlotthauer.« Sie ging zu ihrem Mann. Mit einem Kuss auf seinen Kopf begrüßte sie ihn und legte ein kleines Paket auf seinen Schreibtisch. »Hier, mein Lieber. Mit einem schönen Gruß von Frau Niederweger. Ihr E-Book-Reader muss wieder gefüttert werden, die Wunschliste mit den Titeln liegt dabei.« Susanne schmunzelte. Sie wusste, was jetzt folgte.

Kupery zog aus dem Paket zunächst nur ein gefaltetes Blatt und überschlug kurz die Liste.

»Zwölf Titel!«, stöhnte er auf. »Warum kauft sie sich so ein Teil, wenn sie damit nicht umgehen kann!«

Susanne tätschelte ihm den Hinterkopf. »Weil es da einen Herrn gibt, der der Dame gesagt hat, er würde für Sie das Aufspielen übernehmen. Aber es eilt nicht. Sie kommt erst nächste Woche wieder vorbei.«

Kupery schüttelte immer noch den Kopf. »Es geht doch nichts über ein Buch auf Papier.« Er wandte sich an seine Frau: »Brauchst du mich hier im Laden noch? Schlotti müsste zur Reha gefahren werden, und seine Tochter kann heute nicht.«

»Das passt schon. Ich weiß zwar nicht, wie ich es ohne dich jemals schaffen soll. Aber ich versuche es mal.« Lachend ging sie aus dem Büro. In der Tür drehte sie sich noch einmal um, als Schlotthauer ihr noch ein »Danke schön« hinterherrief.

* * *

Vor und im Firmengebäude der Kunststofffabrik Stolten war der Teufel los. Nachdem der Unfallarzt die Sachlage nach erster Sichtung als Kapitalverbrechen beurteilt hatte, sperrten die hinzugerufenen Polizeibeamten zunächst den Tatort und die angrenzenden Räume ab. Michael Stolten wanderte wie ein Tiger in seinem Büro auf und ab.

Er versuchte soeben zum wiederholten Male, seinen Rechtsanwalt telefonisch zu erreichen, kam aber an der Sekretärin nicht vorbei. Herr Breitenbacher befinde sich bei Gericht und werde sich umgehend melden, sagte sie. Wider besseres Wissen brüllte er die Sekretärin an, sie möge ihn endlich verbinden!

Noch während er sprach, war ein Paar in sein Büro getreten. Jetzt fuhr Stolten wütend herum und warf ihnen ein gereiztes »Ja, und?« als Begrüßung entgegen.

»Guten Tag, Herr Stolten.« Die Frau ergriff das Wort. Sie war sportlich schlank, mit auffallend schwarzem Haar, das sie zu einem Pferdeschwanz zusammengebunden hatte. »Mein Name ist Mercan, das ist mein Kollege Lange, Kripo Detmold.«

Stolten war viel zu erregt, um seine Beherrschung zu behalten. Die Frau vollkommen ignorierend, wandte er sich wütend an Lange. »Wann kann ich hier wieder arbeiten?«

Der hochgewachsene, schlaksige Lange in seinem leichten Sommeranzug spürte förmlich, wie sich die Umgebungstemperatur dem Gefrierpunkt näherte.

Mercans Gesicht blieb ausdruckslos, als sie mit ruhiger Stimme, aber gefährlich leise sagte: »Herr Stolten, wir können das Gespräch auch gerne auf unserer Dienststelle führen.«

Stolten sah erstaunt erst zu Lange, dann zu Mercan. Ihm ging erst jetzt auf, wer hier die Ermittlungen leitete. Sein Versuch, die Frau links liegen zu lassen, war gescheitert. Erschöpft ließ er sich schließlich in seinen Sessel fallen. »Also gut«, sagte er mit unterdrückter Wut, dafür mit kaum zu überbietender Arroganz.

»Was wollen Sie wissen?«

Warst du schon von Geburt an so ein Arsch? Das hätte die Kommissarin gerne gefragt, doch sie blieb ruhig, sachlich. »Wer ist die Tote?«

»Simone Schneider. Arbeitet am Empfang und in der Buchhaltung.«

»Hat Frau Schneider Angehörige, die wir informieren sollten?«

»Weiß ich doch nicht! Sie hat hier gearbeitet, nicht ihr Familienleben vor mir ausgebreitet.«

Lange war froh, sich auf seinen Notizblock konzentrieren zu können. »Seit wann arbeitete Frau Schneider für Sie?«

»Seit einigen Monaten schon. Ist das irgendwie wichtig?« Michael Stolten bekam seine Wut immer noch nicht unter Kontrolle.

Die ruhige Art der Kommissarin stachelte ihn nur weiter an. Er würde sich besser fühlen, wenn man sich anschreien konnte.

Mercan hatte ein Gespür für solche Momente. »Konnten Sie feststellen, ob etwas entwendet wurde?«

»Wie denn?«, brauste Stolten wieder auf. »Die Polizisten haben mich ja hier eingesperrt! Hier läuft doch gerade nichts!«

Es klopfte, und ein älterer Mann mit grauen Haaren und einer kleinen runden Brille schaute herein. Er sagte nichts, winkte nur Mercan zu sich. Die beiden unterhielten sich so leise, dass Stolten nichts verstehen konnte. Lediglich Wortfetzen wie »Rechtsmedizin« und »Einbruchsspuren« erreichten ihn. Er war aufgestanden. Er musste jetzt zeigen, wer hier Herr im Hause war.

Mercan kam zurück an den Schreibtisch.

»Bleiben Sie doch ruhig noch sitzen, Herr Stolten. Es sieht so aus, als ob Frau Schneider irgendwann am Wochenende hier zu Schaden gekommen ist. Was, glauben

Sie, hat Frau Schneider hier in der Firma am Wochenende gemacht?«

»Keine Ahnung!« Mit ausgebreiteten Armen wollte er sein Nichtwissen unterstreichen. Er fühlte sich zunehmend unwohler und hoffte, dass sich sein Rechtsanwalt endlich melden würde.

Mercan ließ nicht locker. »Waren Sie auch am Wochenende noch hier in der Firma?«

Stoltens Antwort kam schnell. »Nein, ich habe die Zeit mit meiner Familie verbracht.«

»Das gesamte Wochenende?«

»Ja, das gesamten verdammte Wochenende! Wollen Sie einen detaillierten Zeitplan?«, giftete Stolten.

»Zur gegebenen Zeit vielleicht!«, entgegnete Mercan.

Stolten sprang wütend auf. »Ist das hier ein Verhör? Werde ich von Ihnen verdächtigt?«

Noch bevor er eine Antwort erhalten konnte, klingelte es an seinem Handy. Ohne auf das Display zu schauen, nahm er das Gespräch an. »JA? ... Wenn man Sie mal braucht, sind Sie nicht zu erreichen! ... Was los ist? Hier ist meine Mitarbeiterin ums Leben gekommen, und jetzt steht hier so eine ...«, er machte eine Pause, schluckte wohl eine unpassende Bezeichnung herunter, »Kommissarin vor mir und verhört mich wie einen Verdächtigen! ... Ja, ist gut, aber beeilen Sie sich.« Ohne weiteren Gruß beendete er das Gespräch.

Er setzte sich hinter seinen Schreibtisch und zeigte auf die Kommissarin.

»Sie können sich schon einmal warm anziehen!« Verachtung troff nur so aus ihm heraus. »Ich werde jetzt gar nichts mehr sagen.«

Mercan zuckte lediglich mit den Schultern. »Sie waren nicht allein, als Sie die Leiche fanden?« Mercan fuhr unbeirrt fort.

Stolten starrte sie nur wütend an, sagte aber nichts.

»Laut der Reinigungskraft war ein Mitarbeiter dabei, als Sie die Tote fanden. Wo ist dieser Mann?«

Stolten legte die Hände auf die Tischplatte und betrachtete ausgiebig seine Fingernägel.

Mercan wandte sich an ihren Kollegen.

»Sprich du doch bitte noch einmal mit der Frau und frag sie, wie der Mann heißt. Vielleicht weiß auch einer der Arbeiter, wo er sich jetzt aufhalten könnte.« Lange wandte sich bereits um, als es plötzlich aus Stolten herausplatzte.

»Na gut, bevor Sie den ganzen Laden aufmischen. Ich habe ihn auf Tour geschickt, der Mann hat zu arbeiten. Er hat eine dringende Lieferung zu erledigen.«

Mercan drehte sich langsam zu Stolten um. »Hier findet sich eine tote Mitarbeiterin, und Sie schicken einen wichtigen Zeugen fort? Interessant!«

Stolten sprang erneut auf und giftete die Kommissarin an: »Einer muss hier ja arbeiten, auch wenn Sie den ganzen Betrieb aufhalten. Hier bekommt keiner eine schicke Beamtenpension. Das ist immer noch mein Laden hier, hier bestimme ich!«

Mercan hatte schon eine scharfe Erwiderung auf der Zunge, schwieg jedoch und verließ das Büro.

Vor dem Gebäude stimmte sie das weitere Vorgehen mit ihrem Kollegen ab. Jetzt war zunächst die Spurensicherung gefragt. Dann würde die Obduktion der Leiche hoffentlich weitere Erkenntnisse bringen.

Sie waren noch ins Gespräch vertieft, als eine schwere Limousine vor dem Firmengebäude hielt. Ein schlanker, großer Mann stieg ohne Hast aus. Der Anzug saß wie maßgeschneidert. Eine dezent gemusterte Krawatte mit passendem Einstecktuch, die blank geputzten Schuhe und die dicke, teure Armbanduhr ergaben das Bild des erfolgsgewohnten Machers.

Der Mann wandte sich direkt an Mercan. »Guten Tag Frau …?« Er sah ihr offen ins Gesicht.

»Hauptkommissarin Mercan, Kripo Detmold. Und Sie sind?« Sie erwiderte den festen Händedruck.

»Breitenbacher, Arnold Breitenbacher. Herrn Stoltens Rechtsbeistand.

Ich werde die Sachlage zunächst mit meinem Mandanten besprechen – allein! Wie kann ich Sie erreichen?«

Mercan erwiderte das schmale Lächeln und reichte dem smarten Anwalt ihre Karte. »Hier können Sie mich erreichen. Und ja, ich habe noch viele Fragen. Ich werde zu gegebener Zeit darauf zurückkommen.« Sie wandte sich an ihren Kollegen Lange. »Komm, Rolli, wir rauschen ab.«

# 23. KAPITEL

Während Schlotthauer in eine Praxis für Ergotherapie verschwand, nutzte Kupery die Zeit, seine Notizen zu sichten und zu bewerten. Er musste sich eingestehen, dass es ihm nicht gelungen war, etwas Substanzielles über den Erben Tobias Müller in Erfahrung zu bringen.

Er rief im Notariat an. Eine Mitarbeiterin sagte ihm, Dr. Schreiber sei zu einem Termin außer Haus.

Eine halbe Stunde später schreckte er hoch, als es plötzlich an der Fensterscheibe klopfte. Er musste eingenickt sein. Schlotthauer stand vor dem Wagen und grinste ihn an.

Auf dem Rückweg nach Oerlinghausen erzählte Schlotti von seiner Begegnung mit dem Trapper und dem angeblichen Großprojekt Wellnesshotel. Hellhörig wurde Kupery, als Schlotti von seinem Telefonat mit dem Bauunternehmer sprach. Die Verbindung zur Erbschaft des alten Stolten war interessant. Er versuchte, alles für sich zu ordnen. »Also ist an dem Hotelprojekt nichts dran?«, sagte er schließlich.

»So würde ich das nicht unbedingt sagen«, stellte Schlotti fest. »Ich habe ein wenig recherchiert und festgestellt, dass in den vergangenen Monaten zwei Grundstücke in Nähe des Flugplatzes neue Eigentümer bekommen haben. Nämlich eine Firma Hausmann in Detmold.«

Kupery pfiff erstaunt. »Da schau her. Die wollen bestimmt groß in die Landwirtschaft einsteigen«, scherzte er.

»Das glaube ich kaum. Die Grundstücke liegen wohl brach. Es gibt Bestrebungen, sie an das Naturschutzgebiet anzugliedern.«

»Mensch Schlotti, wo hast du das nur alles her?«

Der Angesprochene lächelte verschmitzt, antwortete aber ernst: »Das willst du gar nicht wissen. Aber es war schon interessant, wie der Bauunternehmer auf den Schuss ins Blaue mit den Grundstücken aus der Erbschaft reagierte.«.

Kupery nestelte sein Handy hervor und scrollte durch die Kontakte.

»Hey, du sollst beim Autofahren nicht mit dem Teil hantieren!«, warf Schlotti ein.

Doch Kupery drückte bereits die Wahltaste und stellte auf Lauthören. Erst jetzt übergab er das Handy seinem Freund. Das Rufzeichen war zu hören.

»Guten Tag, Tanja Stolten hier«, klang es aus dem Lautsprecher.

Kupery legte sich ins Zeug. »Guten Tag, Frau Stolten. Mein Name ist Schlotthauer. Ich bin freier Journalist und schreibe gerade für ein Magazin über Stadtentwicklung und Naturschutz. Mir ist zu Ohren gekommen, dass aus der Erbschaft Ihres verstorbenen Vaters zwei Grundstücke veräußert werden, die ursprünglich für den Naturschutz ...«

»WAS?«, wurde er schrill unterbrochen. »Was fällt Ihnen ein? Unterstehen Sie sich …« Die Verbindung wurde unterbrochen.

Kupery und Schlotti lachten laut auf.

»Da haben wir wohl in ein Wespennest gestochen. Hoffentlich bringt die ihren Halbbruder nicht sofort um.« Kupery war seinem Bauchgefühl gefolgt, das ihm sagte, dass in dieser Erbschaftsangelegenheit jeder versuchen würde, ein besonders großes Stück vom Kuchen zu ergattern.

Ihm konnte das eigentlich egal sein, er sollte ja nur den verlorenen Sohn ausfindig machen. Aber so hatte er vielleicht etwas für den Naturschutz tun können.

Kuperys Handy meldete sich. Über die Freisprecheinrichtung nahm er das Gespräch an.

»Herr Kupery? Hier ist Schreiber. Haben Sie die Neuigkeiten schon erfahren?«

Kupery schaute verständnislos zu seinem Freund Schlotti hinüber. »Wovon reden Sie, Herr Schreiber?«

Schreiber machte eine Pause, als fiele es ihm schwer, das Folgende zu sagen: »Florian Stolten wurde ermordet aufgefunden!«

# 24. KAPITEL

In Michaels Büro wurde die Luft immer dicker. Seit vor gut einer Viertelstunde seine Schwester Tanja hereingeplatzt war und von ihm wissen wollte, welche Grundstücke er hinter ihrem Rücken verkaufen wolle, stauten sich Ärger und Verdruss unablässig in ihm auf. Seine Schwester ließ sich durch seine Beteuerungen, er wisse nichts von einem Verkauf, nicht besänftigen. Er kannte sie gut genug, um zu wissen, dass sie ihm nicht glaubte.

Jetzt platzte es aus ihm heraus: »Ihr habt alle Sorgen! Ich muss hier die Firma erhalten, und ihr wollt nur wissen, wann der große Zaster rollt!«

»Als wenn es bei dir nicht genau darum geht!« Tanja versuchte erst gar nicht, ihn zu beruhigen. Sie fauchte ihren Bruder an wie eine Katze, der man den Futternapf weggenommen hat.

»Ich kann mich nicht beruhigen! Unser alter Herr hat uns da ein schönes Kuckucksei ins Nest gelegt. Und dann auch noch die Sahneteilchen einer Stiftung vermacht. Erwin-Stolten-Stiftung. Dass ich nicht lache!«

Den beiden war jedoch nicht zum Lachen zumute.

Tanja schlug zornig mit der Hand auf den Schreibtisch. »Ich will mir doch meinen Lebensplan nicht kaputt machen lassen. Gibt es denn keine Möglichkeit, das Testament anzufechten?«

Michael lächelte süffisant. »Wohl kaum, Schwesterherz. Oder glaubst du ernsthaft, die ganze Aufteilung sei nicht absolut rechtssicher gestaltet? Nein, wir müssen das nehmen, was uns der alte Herr übrig gelassen hat.«

Tanja war aufgestanden und ging vor dem Schreibtisch auf und ab. »Dann müssen wir schnellstens alles abwickeln. Die Villa sollte sich jetzt gut verkaufen lassen! Wie sieht es eigentlich mit den Geschäftsanteilen aus? Wann werden die aufgeteilt?«

Michael stand nun ebenfalls auf und sagt betont leise: »Wenn wir die Firma jetzt sofort kaputt machen wollen, können wir uns gerne über die Geschäftsanteile streiten. So wie wir zurzeit dastehen, könnte es gut sein, dass vor dem geerbten Geschäftsanteil ein fettes, rotes Minuszeichen steht! Außerdem habe ich immer noch die Polizei hier im Haus, die blockieren alles.«

Natürlich hatte Michael seine Schwester kurz über den Einbruch und den Leichenfund informiert. Erstaunt nahm er zur Kenntnis, mit welcher Gefühlskälte sie die Nachricht aufnahm.

Jetzt wurden Tanjas Blicke noch eine Spur kälter. »Was wurde eigentlich gestohlen?«

Michael zuckte mit den Schultern. »Soweit ich das übersehe, nichts! In dem Archiv waren nur Aktenberge und ein alter Tresor.«

»Ein Tresor?«, fragte Tanja lauernd.

»Ja, mit alten Kriegserinnerungen unseres Großvaters. Ein Soldbuch, ein paar Blechorden, sonst nichts.«

»Kein Geld? Keine Wertpapiere?«

»Nichts, ich sag es dir doch. Den alten Schrank hatten wir doch alle längst vergessen.«

»Versuche nicht, mich hinters Licht zu führen!«, warnte Tanja ihren Bruder. »Ich will baldmöglichst Einblick in die Geschäftsbücher haben.«

Michael starrte seine Schwester eine Weile an. Dann setzte er sich wieder in seinen Sessel. »Das wird sich machen lassen.« Er sortierte umständlich einige Papiere auf seinem Schreibtisch. »Es wird gerade alles zusammenstellt.«

Verdammt, er musste Zeit gewinnen. Bevor die Firma ganz den Bach runterging, wollte er sein Scherflein ins Trockene gebracht haben. Er brauchte einfach noch ein paar Tage – und ein paar gute Ideen.

Er wandte sich wieder an seine Schwester: »Was den Verkauf der Villa angeht ... Du weißt, dass unsere Stiefmutter dort unbedingt wohnen bleiben möchte?«

»Das hat sie mir schon gesagt, ja. Sie kann mir ja meinen Anteil an der Immobilie abkaufen. Wenn nicht, muss sie raus!«

Michael überlegte einen Augenblick, ob er einen Versuch wagen sollte, seine Schwester umzustimmen. Er verwarf den Gedanken jedoch gleich wieder. »Darüber hinaus halten die Banken den Daumen auf die Konten und Depots. Die warten auf die Präsentation eines Erbscheines. Den bekommen wir jedoch erst, wenn wir über den Verbleib des verschollenen Sohnes Bescheid wissen.«

Tanja wandte sich zum Gehen. »Das sollte wohl nicht so schwer sein. Und dann werde ich darauf drängen,

dass wir alles umgehend regeln. Ich brauche die Finanzmittel für meine weiteren Planungen und werde keine
Verzögerung dulden.« Laut und vernehmlich schloss
sich die Bürotür hinter ihr.

Michael starrte die Tür an. Seine Gedanken schlugen
Purzelbäume. Er dachte an seinen unlängst aufgeflöge-
nen Zigarettenschmuggel und konnte nur hoffen, dass
sein Fahrer dichthalten würde. Sein Steuerberater kam
ihm in den Sinn, der ihm vor einigen Tagen die letzten
Auswertungen mit den katastrophalen Zahlen präsentiert hatte. Und er dachte an die beiden Männer, denen
er nach dem Tod seines Vaters die rasche Rückzahlung
seiner Spielschulden versprochen hatte.

Michael musste eine Lösung für alle Probleme finden.
Er griff zum Telefon.

# 25. KAPITEL

Kupery wollte vom Notar noch wissen, was der Tod eines Erben für die verbleibenden Erben bedeutete.

»Ohne mich verbindlich festlegen zu wollen«, begann Dr. Schreiber seine Ausführungen. »Im Testament wird nur von ›verbliebenen Kindern‹ gesprochen. Demnach würde sich der Erbteil der verbliebenen Erben erhöhen. Anderseits kann man auch argumentieren, dass der Verstorbene bereits geerbt hat und nun wiederum an seine gesetzliche Erbfolge vererbt, wenn es diese …«

Kupery unterbrach ihn. »Sorry, Herr Schreiber, das wird mir jetzt zu juristisch. Lassen Sie es mich mit meinen Worten ausdrücken: Florian ist tot, hat aber vor seinem Ableben schon seinen Vater beerbt. Dieser Teil geht jetzt auf seine Mutter über.«

Schreiber legte sich nicht fest. »So könnte man argumentieren, aber …«

Kupery unterbrach ihn: »Oder aber Florian hatte noch nicht geerbt und somit vergrößern sich die Erbteile seine Geschwister.«

»Was noch zu bewerten sein wird.«

»Auf jeden Fall bleibt es spannend«, kommentierte Kupery, der erkannte, dass der Notar sich nicht festlegen wollte.

»Und noch etwas anderes, Herr Schreiber, haben Sie der Polizei von Ihrem Auftrag an mich erzählt?«

Schreiber antwortete sofort: »Nein, ich sah dazu keine Veranlassung.«

»Nun, es könnte sein, dass man im Zuge der Ermittlungen auf unsere Recherche aufmerksam wird. Können wir also mit der Kripo darüber reden?«

Schreiber überlegte nicht lange. »Selbstverständlich. Es ist ja nichts Unrechtmäßiges. Aber halten Sie mich auf dem Laufenden.«

Kupery beendete das Gespräch. Wie aufs Stichwort meldete sich nun Schlotthauers Handy.

Er nahm das Gespräch an. »Mira? Wie sieht es aus? Gibt es was Neues? Warte mal, ich mach den Lautsprecher an, dann kann Christian mithören.«

»Hallo, Herr Kupery«, schallte es aus dem kleinen Gerät. »Wollt ihr wissen, wer der Tote im Wald ist?«, verkündete sie stolz.

Schlotthauer kam ihr zuvor: »Florian Stolten, jung, dynamisch und erfolgloser Erbe.«

»Och, menno, Papa! Ich dachte, ich könnte dir mal was Neues erzählen.«

Schlotthauer lachte. »Du warst ja auch ganz nah dran. Wieso hast du mich heute eigentlich versetzt?«

»Wir hatten schon wieder einen Leichenfund«, bedauerte Mira.

»Am Wochenende hat eine Frau wohl Einbrecher im Büro ihres Arbeitgebers überrascht. Und jetzt kommt der Hammer.«

Mira machte eine lange Kunstpause, in die Schlotti knurrte: »Soll ich einen Trommelwirbel machen?«

»Lass mal, es ist die Sekretärin von Michael Stolten!«

Die beiden Männer waren in der Tat sprachlos.

»Hallo? Seid ihr noch auf Sendung?«

Kupery stammelte: »Na klar. Ich wäre nur beinahe vor Schreck in den Graben gefahren!«

Schlotti lachte trocken auf. »Scheint ja ein höchst gefährliches Erbe zu sein, das der alte Stolten da hinterlassen hat. Wer leitet denn die Ermittlungen?«

Jetzt musste Mira lachen. »Du kennst sie. Es ist Nehir Mercan.«

Schlotthauer entfuhr ein. »Oh nein!«

Kupery sah ihn fragend an, aber Schlotti winkte ab. »Erzähl ich dir später.« Zu seiner Tochter ins Handy fuhr er fort: »Dann sag Nehir mal, dass der Herr Kupery eventuell interessante Details zu der Familie Stolten hat. Sie kann ihn ja mal anrufen.«

Mira war überrascht. »Das will ich gerne tun. Darf ich die denn auch erfahren?«

»Zu gegebener Zeit gerne, meine Kleine. Ich rufe dich an.«

Zwischenzeitlich hatten sie Oerlinghausen wieder erreicht und bogen in die Hauptstraße ein.

Kupery fragte: »Kommst du noch auf einen Kaffee mit rein oder soll ich dich bis vor deine Haustür fahren?«

»Fahr mich bitte direkt nach Hause. Mit dir zusammen zu sein, bedeutet heute offensichtlich viel Aufregung. Ich bin ein alter Mann und brauche meine Ruhe.« Beide mussten grinsen.

Kurze Zeit später hatte Kupery den Rollstuhl aus dem Wagen geholt, und Schlotthauer rollte nach kurzem Gruß davon.

Als er gerade die Haustüre erreichte, rief ihm Kupery noch nach: »Und was ist jetzt mit dieser Kripobeamtin Mercan?«

Schlotthauer winkte ab. »Ist 'ne längere Geschichte und kostet dich mindestens drei Pils!« Damit verschwand er.

# 26. KAPITEL

Vor der Villa der Familie Stolten hielt ein silbergrauer Kombi mit Bielefelder Kennzeichen. Eine Frau mittleren Alters, gekleidet in enge Jeans und eine etwas abgewetzten Lederjacke, stieg an der Beifahrerseite aus. Der Fahrer des Pkw – ein junger Mann, der im Gegensatz zu der Frau ein auf seinen Anzug abgestimmtes Hemd trug – musste sich beeilen, um der Frau folgen zu können. Diese war zügig an die Haustür getreten und hatte die Türglocke betätigt.

Beide lauschten angestrengt, aber aus dem Haus war kein Geräusch zu vernehmen. Sie waren angespannt, denn sie hatten die undankbare Aufgabe, die Mutter vom Tode ihres Sohnes zu unterrichten.

»Da ist doch keiner!«, ertönte es plötzlich in ihrem Rücken. Ein alter Mann führte einen ebenso alten Dackel spazieren. Er war stehen geblieben und beobachtete die Szene aufmerksam.

Die Frau wandte sich freundlich an ihn: »Danke für den Hinweis. Wissen Sie denn auch, wann wir die Frau Stolten wieder erreichen können?«

Der alte Herr schüttelte seinen Kopf. »Nee, das wissen wir nicht. Die junge Frau ist ja viel unterwegs. Und ihr

Junge ist ja auch nicht da.« Er schaute sich das ungleiche Paar genauer an. »Was wollen Sie denn? Soll ich was ausrichten?«

»Vielen Dank, nein. Wir müssen etwas Persönliches besprechen.«

Kommissarin Mercan gab ihrem Kollegen einen Wink, und beide stiegen wieder in ihr Fahrzeug.

Der alte Herr merkte sich vorsichtshalber das Autokennzeichen. Es konnte ja sein, dass die Polizei sich dafür interessierte.

»Und nun?«, fragte Lange im Fahrzeug. »Zurück zum Präsidium?«

Mercan antwortete nicht gleich. Nach kurzer Überlegung sagte sie: »Nein. Fahr uns doch bitte nach Oerlinghausen. Wir besuchen mal die Buchhandlung dort.«

Lange staunte, ließ aber wortlos den Motor anspringen und fuhr los. Allerdings konnte er seine Neugier nur bis zur nächsten Abbiegung zügeln. »Brauchst du eine neue Bettlektüre? Oder warum fahren wir dahin? Und gib mir bitte mal die Adresse für das Navi.«

Seine Kollegin auf dem Beifahrersitz lachte kurz auf, beantwortete seine Fragen aber nicht, sondern führte ihn nur mit knappen Anweisungen in die Ortsmitte von Oerlinghausen.

* * *

Schon kurze Zeit später betraten die beiden die Buchhandlung und nutzten die Zeit, in der eine Kundin bedient wurde, um sich umzusehen.

»Hier sind wir richtig«, kommentierte Lange und wies auf ein Regal, in dem Kriminalromane präsentiert wurden.

»Einen recht schönen guten Tag. Wie kann ich Ihre Suche unterstützen?«, Kupery war an ihre Seite getreten und begrüßte sie.

»Guten Tag. Ich würde gerne kurz mit Herrn Kupery sprechen.«

»Na, da sprechen Sie ja gleich mit dem Richtigen.«

»Wunderbar. Mein Name ist Mercan, und das«, sie wies auf den jungen Mann, »ist mein Kollege Lange. Wir sind von der Kripo Detmold.« Sie machte eine Pause. Aus alter Gewohnheit beobachtete sie stets die Reaktionen der Menschen auf diese Information.

Kupery jedoch nickte nur und bat die beiden ins Büro. »Nehmen Sie doch Platz, Frau Mercan, und für Sie, junger Mann, organisiere ich sofort eine weitere Sitzgelegenheit.«

Doch Lange wehrte ab. »Danke, nicht nötig, ich sitze eh schon zu viel.«

Mercan begann ohne lange Vorreden: »Unsere gemeinsame Freundin Mira Schlotthauer meinte, Sie könnten mir Interessantes über Florian Stolten erzählen.«

Kupery wiegelte ab. »Nun ja, das stimmt nicht so ganz. Zu Florian Stolten kann ich Ihnen leider nichts sagen. Ich habe ihn nicht mehr kennengelernt. Haben Sie mit dem Notar und Rechtsanwalt Dr. Schreiber bereits Kontakt aufgenommen?«

Mercan schüttelte den Kopf und schaute ihn erwartungsvoll an.

»Nun, dann sollten Sie wissen, dass Florian Stolten einer der drei Erben des gerade verstorbenen Unternehmers Erwin Stolten ist oder besser war. Was Sie vermutlich auch nicht wissen, ist die Tatsache, dass der alte Herr Stolten seine drei Kinder mit der Existenz eines weiteren Erben überrascht hat.«

Während Lange ein lautes »Aber hallo!« ausstieß, zeugten lediglich die hochgezogenen Augenbrauen von Mercans Überraschung.

»Es ist so, dass Herr Dr. Schreiber mich bat, den vierten Erben auszumachen.«

Mit skeptischem Blick hakte Mercan nach: »Wieso wendet er sich ausgerechnet an Sie?«

Kupery hatte diese Frage erwartet und lächelte. »Nun, vor einiger Zeit konnte ich schon einmal behilflich sein und einen säumigen Mandanten durch Recherchen in den sozialen Netzwerken ausfindig machen. Ich hatte die Hoffnung, dass dies auch in diesem Fall einfach und rasch zu erledigen sein würde. Da habe ich mich jedoch getäuscht.«

Mercan sah ihn wieder offen an. »Wollen Sie mir verraten, was Sie bisher herausgefunden haben?«

»Natürlich, viel ist es ja nicht. Während seiner ersten Ehe hatte Herr Stolten senior ein Verhältnis mit einer Barbara Müller, aus der ein Sohn, Tobias, hervorging.«

In Mercans Gesicht zeigten sich wieder Zweifel. »Es sollte doch kein Problem sein, den Aufenthalt der Mutter und des Kindes festzustellen. In Deutschland meldet man sich an und ab.«

Kupery nickte zustimmend. »Dann wäre alles ganz einfach. Das Büro von Dr. Schreiber hat eine entsprechende Anfrage an das Einwohnermeldeamt getätigt. Frau Müller ist nach Wiesbaden verzogen, hat sich dort aber nie abgemeldet. Auch wurde offenbar nie eine

Geburt eines Tobias Müller angezeigt. Jedenfalls war dies das Ergebnis meiner Telefonrecherche beim dortigen Standesamt.« Kupery kramte in seinen Unterlagen und übergab Mercan zwei Fotos. »Diese Fotos hat Frau Stolten in den Unterlagen ihres Mannes gefunden. Ich habe das Klassenfoto in einer Community in Wiesbaden gepostet mit der Frage, ob sich jemand wiedererkennt. Ich würde einen alten Schulfreund suchen. Es gab nur wenige Antworten, aber an einen Tobias Müller konnte sich niemand erinnern.«

Der Zweifel blieb in Mercans Gesicht. »Und die Familie? Die konnte dazu nichts Klärendes sagen?«

»Nein! Und das ist das Erstaunliche an der Geschichte. Niemand wusste von der Existenz dieses Sohnes, und auch die zweite Frau Stolten gab an, nichts davon zu wissen und auch nicht über Unterhaltszahlungen ihres Mannes informiert zu sein. Weiß Frau Stolten eigentlich schon, dass ihr Sohn Tobias ermordet wurde?«

Lange schaltete sich ein: »Nein, wir haben sie immer noch nicht angetroffen. Sagen Sie, halten Sie es für möglich, dass der verschollene Sohn vom Tod seines Erzeugers erfahren hat, hier inkognito auftritt und so sein mögliches Erbe vergrößern will?«

Kupery verzog das Gesicht. »Ich gebe zu, dass mir solch ein Gedanke auch schon in den Sinn gekommen ist. Aber hier sind Sie als professionelle Ermittler mehr gefragt als ich. Befriedigen Sie meine Neugierde. Wie ist Florian Stolten gestorben?«

Lange sah seine Kollegin fragend an, die machte mit der rechten Hand eine auffordernde Geste. »Was letztendlich die Todesursache war, wird die Obduktion zeigen. Nach ersten Erkenntnissen der Spurensicherung wurde er zum Fundort gefahren und dort im Unterholz abgelegt. Zu diesem Zeitpunkt war er offensichtlich schon tot. Wir fragen uns natürlich, warum die Leiche ausgerechnet dort abgelegt wurde.«

Kupery schüttelte schaudernd den Kopf.

»Ich vermute mal, weil die Stelle so ablegen und dennoch gut mit einem Auto zu erreichen ist. Sind Ihnen die Schleifspuren am Rand des Weges aufgefallen?«

Lange musste schmunzeln. »Ah, also doch ein Detektiv! Aber ja, doch weitere Erkenntnisse lassen sich daraus leider nicht ziehen. Und um Ihrer Frage zuvorzukommen: Verwertbare Reifenspuren haben wir nicht finden können. Konnte man auf dieser Schotterpiste auch nicht erwarten.«

Mercan stand auf und lächelte Kupery an. »Halten Sie sich also ab jetzt mit weiteren Erkundigungen zurück. Immerhin haben wir es hier mit einem Kapitalverbrechen zu tun. Wollen Sie mir noch einen Gefallen tun?«

»Sehr gerne, Frau Mercan.«

»Grüßen Sie Schlotti von mir!«

Kupery war verdutzt. »Was denn? Wie denn?« stammelte er.

Dann dämmerte es ihm. Na klar. Mira Schlotthauer hatte die Kripobeamtin doch informiert.

Es überraschte ihn, dass die Kripobeamtin seinen Freund mit dessen Spitznamen benannte. Lächelnd sagte er: »Das werde ich sehr gerne machen. Woher kennen Sie sich? Nur über seine Tochter Mira?«

Mercan wandte sich jedoch schon zum Gehen. »Das soll Ihnen der alte Feigling mal schön selbst erzählen.«

Kupery hatte noch eine Bitte: »Würden Sie mich informieren, wenn Sie etwas über den Aufenthalt der Mutter oder des Sohnes erfahren? Ich könnte es dann an Herrn Dr. Schreiber weiterleiten und mir doch noch mein Honorar verdienen. Es geht immerhin um eine Kiste hervorragenden Rotwein.«

Mercan lachte. »Ich werde sehen, was sich machen lässt.«

# 27. KAPITEL

Die beiden Kripobeamten verließen die Buchhandlung und setzten sich in ihr Auto.

Lange schaute seine Kollegin an, die in Gedanken versunken war. »Was ist jetzt? Zurück zum Präsidium?«

Mercan blickte auf. »Nein. Wir fahren noch einmal zur Mutter des Opfers. Vielleicht ist sie zwischenzeitlich wieder zurückgekommen. Danach suchst du bitte alles zusammen, was du über das Leben von Tobias Stolten finden kannst. Weiter versuche bitte, diese Barbara Müller und ihren Sohn ausfindig zu machen. Das muss doch möglich sein!«

Lange startete den Wagen und setzte vorsichtig aus der Parklücke. Er musste scharf bremsen. Beinahe hätte er den Rollstuhlfahrer übersehen, der hinter dem Wagen entlangrollte. Der Mann schimpfte laut über Langes Fahrkünste, verstummte aber sofort, als er erkannte, wer da im Wagen saß.

* * *

Sie hatten Glück. Schon von Weitem sahen sie vor dem Haus die zwei Autos, die protzig in der Einfahrt standen.

Die Polizisten parkten ihren Wagen am Straßenrand. Bereits von hier aus konnten sie erkennen, dass die Haustüre leicht geöffnet war. Beim Nähertreten waren aufgeregte Stimmen aus dem Haus bis auf den Gehweg zu hören.

»Ich habe dir gesagt, du sollst dich hier nicht blicken lassen!«, ereiferte sich eine helle Frauenstimme laut.

Ebenso laut, aber kühler antwortete eine andere Frauenstimme: »Zu dir will ich bestimmt nicht! Wo ist Florian?«

Die Türe wurde nun weiter geöffnet, und die beiden Frauen traten hinaus, ohne ihren Disput zu beenden oder auch nur ihre Lautstärke zu mindern.

»Was weiß ich, wo der feine Herr sich wieder rumtreibt! Schau doch mal in deinem Bett nach, vielleicht liegt er da immer noch!«

Die Antwort war ein hämisches, böses Lachen. »Und wenn es so wäre? Oder glaubst du, nur du kannst mit dem Hintern wackeln!« Noch immer lachend ging sie mit drastisch übertriebenem Hüftschwung zu ihrem Wagen. Als sie ihn erreichte, schloss sie rasch hinter sich die Fahrertür. Der Wagen setzte mit gehörigem Schwung rückwärts aus der Einfahrt und beschleunigte dann zügig.

Die beiden Kripobeamten sahen dem Wagen nach. Kommissar Lange notierte das Kennzeichen rasch auf seinem kleinen Notizblock. Seine Kollegin war bereits auf dem Weg zur Haustüre.

Von dort tönte ihr ein barsches »Was wollen Sie hier? Ich habe keine Zeit für irgendwelche Vertreter!« entgegen. Damit verschwand Karin Stolten im Haus und ließ die Tür ins Schloss fallen.

»Nette Begrüßung«, kommentierte Lange, der zu Mercan aufschloss. Sie betätigte die Klingel.

Unverzüglich wurde die Türe aufgerissen, und Karin Stolten blickte sie zornig an.

Kommissarin Mercan blieb ruhig. »Frau Stolten? Ich bin Hauptkommissarin Mercan von der Kriminalpolizei Detmold. Das ist mein Kollege Lange. Wir müssen über Ihren Sohn reden. Dürfen wir hereinkommen?«

Karin Stolten blickte zornig von einem zum anderen, seufzte dann aber ergeben. »Was hat er denn jetzt schon wieder angestellt? Also, was liegt an?« Sie machte keine Anstalten, den Weg freizugeben und die beiden Kripobeamten hereinzubitten.

»Es wäre wirklich besser, wir würden das drinnen besprechen, Frau Stolten.« Mercan sah sie erwartungsvoll an.

Ein kurzes Zögern, dann: »Na gut, kommen Sie herein.« Sie ging vor in den großen Wohnraum und blieb vor der Sitzgarnitur stehen.

Mercan holte einmal tief Luft, dann sagte sie: »Ich habe leider eine schlechte Nachricht für Sie. Ihr Sohn wurde gestern tot aufgefunden.« Sie wartete und beobachtete die Reaktion von Frau Stolten.

Diese schüttelte nach einer Weile verständnislos den Kopf. »Wie? Tot aufgefunden? Das gibt es doch gar nicht!«

Erst nach und nach schien sie die Ungeheuerlichkeit der Nachricht zu erfassen und ließ sich auf das Sofa sinken. Dort saß sie auf der Kante, wie zum Sprung bereit. »Was sagen Sie da? Tot?«, fragte sie wieder. »Wie denn das?« Sie sprang auf und lief durch den Raum. Erregt rief sie aus: »Hat er sich endlich totgefahren? Oh ja, wie oft habe ich ihn gewarnt. Ich wusste, dass er sich mit seiner Fahrweise ...« Sie beendete den Satz nicht und blieb vor Mercan stehen. »Wie ist es passiert?«, fragte sie nun leise und beherrscht.

»Ihr Sohn starb nicht bei einem Autounfall, Frau Stolten. Ihr Sohn wurde offensichtlich ermordet.«

Nun wich alle Farbe aus dem Gesicht von Karin Stolten. Erneut ließ sie sich auf das Sofa fallen. Dort verharrte sie reglos. Starrte vor sich hin. Es brauchte wohl seine Zeit, bis die Nachricht in ihrem Bewusstsein ankam und dort verarbeitet wurde. Mercan ließ ihr diese Zeit und beobachtete sie still.

Nach bedrückend langem Schweigen fragte Lange in die Stille hinein: »Hatte Ihr Sohn Feinde, Frau Stolten? Hatte er mit jemanden Streit?«

Karin Stolten schüttelte lediglich den Kopf.

Mercan gab ihrem Kollegen ein Zeichen zu schweigen.

Die Stille legte sich wieder wie ein grauer Schleier auf die drei Menschen. In der Küche tropfte in regelmäßigem Rhythmus ein Wasserhahn.

Karin Stolten stand auf, ging zu dem großen Panoramafenster und starrte mit leerem Blick auf die Bäume. Eine getigerte Katze strich am Gartenzaun entlang. »Wieso ermordet?«, fragte sie leise, ohne eine Antwort zu erwarten. »Wer macht denn so etwas?« Jetzt wandte sie sich langsam um und sprach die Beamten an: »Ich weiß nicht, ob sich mein Sohn Feinde geschaffen hat. Jedenfalls hier nicht. Hier kennt ihn ja kaum noch jemand.«

Mercan fragte nach. »Lebte Ihr Sohn denn nicht mehr hier bei Ihnen?«

»Nein, schon länger nicht mehr.« Leise kam die Antwort. Wieder versank Karin Stolten in stummes Nachdenken. Dann fuhr ihr Kopf plötzlich hoch, und ihre Stimme bekam Schärfe. »Wie ist er überhaupt gestorben? Wo haben Sie ihn gefunden?«

Mercan hatte die Fragen erwartet und konnte sie routiniert beantworten. Betont sachlich sagte sie: »Ihr Sohn ist nach ersten Erkenntnissen erstickt. Die Fundstelle liegt im Waldgebiet am Flughafen. Die Staatsanwaltschaft hat eine Autopsie angeordnet. Danach können wir hoffentlich mehr sagen.«

Kollege Lange schloss eine Frage an: »Wo hielt sich Ihr Sohn in den letzten Monaten oder Jahren auf? Sie sagten, er wohnt schon länger nicht mehr bei Ihnen.«

»Mein Sohn studiert in München, Maschinenbau. Nach seinem Abitur, das er in einem Internat bei München gemacht hat, hat er noch einige Zeit im Ausland gelebt und dann mit dem Studium begonnen. Er kommt nicht mehr häufig zu Besuch nach Hause.«

Karin Stolten bemerkte nicht, dass sie über ihren Sohn in der Gegenwart sprach. Als Mercan sie leicht am Arm berührte, zuckte sie zusammen.

»Haben Sie jemanden, der sich jetzt um Sie kümmert, Frau Stolten?« Mercan war aufrichtig bemüht, Anteilnahme zu zeigen.

Karin Stolten wurde plötzlich hektisch. »Nein, nein oder doch, doch. Ich weiß, wen ich jetzt brauche.« Sie sah sich suchend um. »Wo ist denn nur mein Telefon?« Sie ging schnell in die Küche und kam mit einem Handy zurück. Die ersten Zahlen hatten sie schon eingegeben. Abrupt bliebt sie stehen und sah die beiden Kripobeamten an. »War es das? Geben Sie mir Bescheid, wann ich meinen Jungen holen kann, ja?« Sie tippte weitere Zahlen in ihr Handy. Dann lauschte sie einen Moment auf das Freizeichen. Sie brach das Gespräch ab, da die beiden Kripobeamten keine Anstalten machten zu gehen.

»Ich habe jetzt eine Menge zu regeln. Würden Sie mich bitte allein lassen? Sie wissen ja, wie Sie mich erreichen.«

Sie ging voran und hielt demonstrativ die Haustür offen. Mercan und Lange verabschiedeten sich und trotteten zu ihrem Auto.

Nachdem sie eingestiegen waren, starrte Lange für einen Moment über das Lenkrad die Straße entlang, den Zündschlüssel hielt er noch in der Hand. »Weißt du, ich habe mit vielem gerechnet. Hysterie, Zusammenbruch und Schreikrämpfe oder so. Aber sie hat noch nicht einmal geweint.«

Es dauerte einen Moment, bis Mercan antwortete: »Das kommt noch.«

# 28. KAPITEL

Der Tag neigte sich dem Ende zu. Die Sonne war untergegangen, nun wurde es rasch dunkel. Seine Augen schmerzten von der langen Sitzung vor den Monitoren, die als einzige Lichtquelle einen zu scharfen Kontrast in der Dunkelheit bildeten. Über Nacken und Schultern legte sich Verspannungsschmerz. Schlotti reckte sich und rollte zum Fenster. Wenn er es jetzt öffnete, lud er viele kleine Quälgeister förmlich zu einem Besuch ein. Wieder einmal bereute er es, sich nicht schon längst um ein passendes Fliegengitter gekümmert zu haben.

Er blickte auf die Straße. Nur noch wenige Fahrzeuge parkten am Rand. Ihm kam eine Liedzeile in den Sinn: *Die Stadt legt sich zur Ruh – und was machst du?* Er lächelte in sich hinein, gab sich dann einen Ruck und rollte zur Haustür. Eine kleine Runde würde ihm jetzt guttun. Er suchte sein Handy. Das hing noch mit fast leerem Akku am Ladekabel. Gut, dann musste es auch ohne gehen. Rasch warf er sich eine Strickjacke über, schnappte sich den Schlüssel und machte sich auf den Weg.

Vor dem Haus blieb er unschlüssig stehen. Rechts oder links herum? Er zog die Jacke zu, dann rollte er links herum die Hauptstraße entlang. Der Anlasser eines Autos tat sich offenbar schwer, einen kräftigen Dieselmotor in Gang zu bringen. Schlotti nahm dies nur am Rande zur Kenntnis. Als die Scheinwerfer ihn erfassten, erschrak er fast ein wenig über die skurrilen Schatten, die er und sein Gefährt warfen. Aber dann war er wieder in Gedanken bei den Ergebnissen seiner Internetsuche.

Die Nachricht vom Ableben des Florian Stolten hatte ihn bewogen, sich näher mit der Familie zu beschäftigen. Tanja Stolten war zwar in einigen Chats unterwegs, postete jedoch nur wenig. Ein paar Urlaubsfotos, keine näheren Bezüge zu ihrer Person. Florian war in der Beziehung aktiver gewesen. Allerdings waren es zumeist Fotos mit diversen Partnerinnen, sein Beziehungsstatus wechselte häufiger als eine Verkehrsampel von Rot auf Grün. Michael Stolten war da schon viel interessanter. Schlotti hatte zwei Fake-Profile gefunden, die sich anhand der verwendeten IP-Adresse zuordnen ließen. Unter einem dieser Profile zockte Michael bei illegalen Sportwetten. Oder besser gesagt: hatte gezockt. Denn der Account war aktuell gesperrt. Das zweite Profil fand Schlotti auf einem digitalen Marktplatz wieder, auf dem Hehlerware genauso angeboten wurde wie Waffen jeglicher Gattung. Hier hatte Michael Stolten vor einigen Tagen einen Eintrag hinterlassen, den Schlotti jedoch nicht öffnen konnte.

Der Diesel, ein Kastenwagen, tuckerte nun an ihm vorüber bis zur nächsten Kreuzung. Dort wendete er und kam die Straße zurück. Er hielt vor dem Eingang der Pizzeria, die schon geschlossen hatte und nun im Dunklen lag. Dabei schrammte er fast das niedrige Vordach, das über den Bürgersteig ragte. Ein Mann stieg aus, öffnete die Schiebetüre zur Ladefläche und verschwand im Wageninnern.

Schlotti hielt weiter auf den schmalen Durchgang zwischen Hauswand und Wagen zu. Er hatte das Fahrzeug fast passiert, als er hinter sich eine Bewegung wahrnahm. Noch bevor er den Kopf wenden konnte, wurde ihm ein Sack übergestülpt. Mehr als ein »Hey, was soll das?« brachte er nicht mehr zustande. Zwei starke Arme legten sich von hinten um seinen Oberkörper und zogen ihn aus dem Rollstuhl. Schlotti wurde unsanft auf die Ladefläche geworfen. Schwer lastete ein Knie auf seinem Rücken. Er spürte, wie seine Arme nach hinten gerissen und ihm Fesseln angelegt wurden. Dann ließ der Druck auf seinen Rücken nach. Mit einem Tritt beförderte der Angreifer den Rollstuhl außer Reichweite und schloss von innen die Tür. Sofort fuhr der Wagen an und entfernte sich ohne Hast.

Zurück blieb nur ein leerer Rollstuhl, der verloren vor der Tür der Pizzeria stand.

# 29. KAPITEL

Kupery saß im Büro und war damit beschäftigt, den E-Book-Reader seiner Kundin zu füttern. Nebenher surfte er durch die digitalen Nachrichtenangebote. Das Neuste aus der Welt des Sports blendete er wie immer sofort aus. Auch die politische Großwetterlage interessierte ihn an diesem Abend nicht. Lokales aus Kreis und Stadt waren heute seine bevorzugten Gebiete. Da gab es genug Potenzial, um sich gehörig aufzuregen. So wollte ihm partout nicht einleuchten, wieso man ohne Knurren Millionenbeträge für ein nicht funktionierendes Mautsystem aufbringen konnte, den Schulen vor Ort aber keine ausreichenden Mittel zur Verfügung stellte, um sie mit entsprechenden Geräten fit zu machen für das digitale Zeitalter, das schon längst begonnen hat. Über den Bericht zum Fahrradunfall vom Ende der vergangenen Woche wollte er schon hinwegscrollen, blieb dann aber doch am zugehörigen Foto hängen.

Er vergrößerte es auf dem Bildschirm. Jemand hatte das demolierte Fahrrad auf dem Radweg fotografiert. Den Ast, der Auslöser des Unfalls war, hatte man an die Seite gezogen. Kupery vergrößerte das Bild weiter, um es sich dann wieder in Originalgröße anzeigen zu lassen. Dann las er doch den Bericht. Er vergrößerte erneut das Foto. Da passte etwas nicht.

Kupery starrte lange auf das Bild, bis er plötzlich erkannte, was ihn irritierte.

\* \* \*

Schlotti hatte jegliches Zeitgefühl verloren. Ebenso hatte er es bald aufgegeben, die Fahrtroute anhand der Kurven und Beschleunigungs- und Bremsvorgänge nachzuvollziehen. Er lag immer noch bäuchlings auf dem Boden des Wagens. Es roch intensiv nach Kartoffeln – und ein wenig vermodert, als hätte man ihn auf einen Komposthaufen geworfen. Der Versuch, etwas durch den über seinen Kopf gezogenen Leinensack zu erkennen, scheiterte. Ohnehin war es im Wageninnern dunkel. Nur einmal meinte Schlotti, ein Aufleuchten zu erkennen. Dann gesellte sich plötzlich Zigarettenrauch zu dem Geruchswirrwarr, und Schlotti wünschte seinem Entführer im Stillen, er möge qualvoll an Lungenkrebs verrecken.

Irgendwann wurde die Fahrt abgebremst, und der Wagen kroch sehr langsam über einen offenbar unbefestigten Weg. Jedes Schlagloch, das sie überquerten, ließ Schlotti gegen die Wagenwand stoßen. Versuchte er sich weiter ins Wageninnere zu bewegen, schoben ihn zwei grobe Stiefel zurück in seine Ausgangslage.

Der Wagen hielt, die Fahrertüre wurde geöffnet. Schlotti hörte Schritte, jemand schien um den Wagen herumzulaufen. Danach leises Gemurmel. Erst dann wurde die Schiebetüre zur Ladefläche geöffnet. Ziemlich unsanft richtete man ihn auf und zog ihm den Sack vom Kopf. Sofort blendete ihn der Lichtstrahl einer starken Taschenlampe, jedoch nur so lange, bis man ihm eine Augenbinde umgelegt hatte. Jetzt herrschte wieder tiefe Dunkelheit um ihn. Er wurde irgendwo abgesetzt, anscheinend auf einem Baumstamm. Dabei hielten ihn zwei Typen unter den Armen aufrecht.

Schlotti fand seine Sprache wieder. »Was ist los, ihr Blödmänner? Habt ihr Angst, dass ich euch davonlaufe?«, knurrte er wütend. Er erhielt keine Antwort.

Stattdessen sprach eine sonore, tiefe Männerstimme: »Herr Schlotthauer, wir mussten feststellen, dass Sie Ihre Nase in Angelegenheiten stecken, die Sie überhaupt nichts angehen. Wir möchten Ihnen daher dringend raten, sich nicht weiter um Informationen zu bemühen, die unsere Interessen tangieren.«

Schlotti unterdrückte den ersten Impuls, seinem Gegenüber entgegenzuschleudern: Was redest du so geschwollen, du Blödmann! Es war bestimmt besser, defensiv zu bleiben. »Ich weiß gar nicht, wovon Sie reden!«

»Betrachten Sie diesen kleinen Ausflug als dezenten Hinweis auf mögliche schlimmere Folgen. Halten Sie sich also zurück. Das gilt übrigens auch für Ihren Freund, den Buchhändler.«

»Ich weiß immer noch nicht …«

Schlotti kam nicht mehr dazu, seinen Satz zu vollenden. Seine Nase wurde fest zugedrückt und in seinen nach Luft schnappenden Mund steckte man eine Flasche. Eindeutig Cola. Ausgerechnet das musste er schlucken. Die braune, zuckrige Limonade hatte er noch nie gemocht. Dann ließ man ihn Luft holen, aber nur, um die Prozedur kurze Zeit später zu wiederholen. Schlotti versuchte, einen Teil wieder auszuspucken. »Danke«, fauchte er. »Ich habe keinen Durst, und ich mag das Zeug auch nicht.«

Es half nichts. Ein weiteres Mal wurde er gezwungen, die Flüssigkeit zu schlucken. Dann legte man ihn auf den Boden und ließ ihn in Ruhe. Schlotti fühlte, dass er immer benommener wurde. »Was habt ihr mir da gegeben?« Er wollte es zornig und aufgebracht sagen, es fehlte ihm dazu aber mehr und mehr die Kraft.

Er hörte noch einmal die sonore Männerstimme: »Ihr bleibt noch hier, bis er schläft. Dann legt ihn so ab, dass er nicht sofort gefunden wird.«

Mit einem sanften Plop schloss sich eine Fahrzeugtür, ein Motor sprang an, und langsam entfernte sich das Auto.

Die beiden Männer warteten noch einen kurzen Moment, dann hoben sie Schlotti an Schulter und Beinen hoch und trugen ihn fort. Er kämpfte verzweifelt gegen den Dämmerzustand an. Einmal meinte er, ein Gattertor zu erkennen, dann fiel der Lichtstrahl einer Taschenlampe auf einen Trampelpfad. Bevor er vollständig wegdämmerte, bekam Schlotti so gerade noch mit, dass er unsanft hinter einem Stapel gefällter Baumstämme auf weichem, nach Holz und Erde duftenden Waldboden abgelegt wurde.

# 30. KAPITEL

Der nächste Morgen versprach wieder einen schönen, sonnigen, heißen Tag. Zu gerne hätte Kupery nun auch die Annehmlichkeiten einer Klimaanlage in seinem Bulli erfahren. Er wollte früh aufbrechen, um eine Lieferung an die Stadtbibliothek in Bielefeld zu übergeben. Auf dem Rückweg sollte er für genügend Vorrat an Mineralwasser sorgen. In diesen heißen Zeiten waren die Regale in den Getränkemärkten leergefegt, und die Händler baten die Verbraucher dringend, leere Kästen zurückzugeben.

Noch stand er im Büro und hantierte an seiner geliebten Kaffeemaschine. Sein Handy spielte plötzlich den Coffee-Song von Frank Sinatra. Kupery nahm den Ruf an, es war Schlottis Tochter Mira, die ihn aufgeregt fragte: »Ist mein Vater bei Ihnen?«

»Nein«, antwortete ein verdutzter Kupery. »Sollte er denn hier sein?«

»Ich weiß es nicht. Wir waren verabredet, aber er ist nicht zu Hause, und das Telefon liegt hier in seiner Wohnung.«

»Nun, er ist ein erwachsener Mann«, versucht Kupery, Mira zu beruhigen. »Vielleicht will er kurz etwas besorgen.«

»Wie denn? Sein Rollstuhl stand heute Morgen vor der Haustür!«

Schlagartig wurde auch Kupery nervös. Ein leerer Rollstuhl? Da konnte etwas nicht stimmen. »Ich mache mich sofort auf Suche und melde mich, sobald ich ihn entdeckt habe.«

»Danke. Was soll ich denn machen?«

»Bleib du in seiner Wohnung! Bis später.«

Kuperys Frau kam ins Büro und sah die Sorgenfalten im Gesicht ihres Mannes. »Was ist denn los?«

»Schlotti ist weg, und sein Rollstuhl steht vor seinem Haus.«

Susanne sah ihn fragend an. »Der wird doch nicht plötzlich wieder laufen können?«

Kupery schüttelte den Kopf. »Wünschen würde ich es ihm ja, aber ich glaube kaum! Ich hoffe, die Auslieferung kann warten. Ich muss jetzt erst wissen, was mit meinem Freund ist.«

Er machte sich rasch auf den Weg zu Schlottis Wohnung, vorbei an der Pizzeria. Dort wurden soeben Kohlköpfe und Salate für das Mittagsgeschäft in den Laden geschafft. Ali, der Inhaber, begrüßte ihn freundlich. Kupery fragte etwas atemlos: »Haben Sie den Rollstuhl meines Freundes heute Morgen hier gefunden?«

»Ja, den haben sicher ein paar Spaßvögel für eine Probefahrt genutzt. Es gibt schon Idioten. Der gehört doch einem meiner Stammkunden, und Schlotti wird den Rollstuhl bestimmt schon vermissen.«

»Und jetzt vermissen wir Schlotti!«

\* \* \*

Schlotti wachte auf, langsam und völlig benommen. Er träumte noch. Von Nehir, seiner Kollegin, sie sich mit ihrem pechschwarzen Haar über ihn beugte und ihn zärtlich wachküsste. Ihre Haare kitzelten in seiner Nase, dann wieder bedeckte sie sein Gesicht mit heißen Küssen, und ihre raue Zunge schob den Schleier von seinen Augen. Aus diesem Traum wollte Schlotti eigentlich nicht erwachen. Doch etwas bohrte sich schmerzhaft in seine rechte Schulter, und irgendwie brachte er seine Arme nicht dazu, Nehir zu halten und sie an sich zu pressen.

Langsam öffnete er die Augen, das Tageslicht brannte. Nehirs Haare waren auch nicht pechschwarz, sondern irgendwie rötlich und struppig. Dann blickte er auf eine fast viereckige, feuchte Nase, und darunter fuhr eine lange, raue Zunge über sein Gesicht. Schlotti schrie laut auf.

Das Kalb, das ihn so eingehend untersucht hatte, lief daraufhin erschrocken und blökend zu seiner in der Nähe grasenden Mutter. Diese richtete ihren Kopf mit den mächtigen Hörnern auf Schlotti, konnte aber wohl in dem am Boden liegenden Körper keine Bedrohung entdecken und graste friedlich weiter.

Plötzlich hörte Schlotti Schritte in seiner Nähe. »Hallo!«, krächzte es aus seinem Mund. Er schluckte einen fürchterlichen Geschmack hinunter. Dann noch mal: »Hallo!«, jetzt lauter und eindringlicher.

Die Schritte näherten sich, und hinter ihm ertönte eine ihm bekannte Stimme. »Ah, Sie sind das! Das ist jetzt aber mal kein guter Platz zum Campieren. Oder was machen Sie sonst hier?«

Der Trapper kam in Schlottis Gesichtsfeld.

»Es wäre schön, wenn Sie mir aufhelfen könnten.«

Der Trapper schaute sich um. »Wo ist denn Ihr Rollstuhl?« Er wandte sich Schlotti zu und setze ihn so auf, dass dieser sich an einen Baumstamm lehnen konnte.

»Könnten Sie bitte jetzt noch meine Fesseln lösen?«

Der Trapper hatte schon ein Taschenmesser gezogen und schnitt die Kabelbinder durch. Schlotti konnte endlich wieder die Arme bewegen.

Der Trapper setzte sich neben ihn. »Ist bestimmt 'ne tolle Geschichte, die Sie mir jetzt erzählen können, was?«

»Also eins vorneweg: Ich bin der Schlotti! Lass das mal mit dem Sie.«

»Einverstanden! Ich bin der Jens.«

Schlotti massierte seine Arme. »Hast du ein Handy? Dann könnte ich für meinen Abtransport sorgen. Danach bleibt noch genügend Zeit für einen Plausch.«

»Wen soll ich anrufen? Die Polizei, einen Krankenwagen, den Rettungshubschrauber?«

Schlotti konnte schon wieder lachen.

»Nee, die Polizei auf keinen Fall. Die würden sich vor Lachen kaum einkriegen. Da dürfte ich mich auf Jahre nicht mehr auf der Dienststelle blicken lassen.«

»Du bist bei der Polizei?«, fragte der Trapper erstaunt.

»War, mein Lieber, ich war! Aber trotzdem, ich wüsste nicht, wie ich denen das jetzt erklären sollte. Bitte ruf meinen Freund Kupery in der Buchhandlung an. Der wird mich bestimmt einsammeln.«

»Hast du die Nummer?«

Schlotti diktierte sie ihm und hörte dann dem Gespräch zu. Natürlich bestürmte Kupery den armen Trapper sofort mit tausend Fragen. Dann endlich konnte der erklären, wo er hinzukommen hatte. Kupery versprach, sich sofort auf den Weg zu machen.

Jetzt hatte Schlotti Zeit für all die Fragen, die dem Trapper auf den Nägeln brannten. Schlotti vermutete, dass ihn seine Recherchen zu dem Großprojekt in diese Lage gebracht hatten. Er bat den Trapper, ebenfalls Vorsicht walten zu lassen.

Der Trapper begann nun, Schlotti über das Kalb aufzuklären, das ihn so sanft geweckt hat. »Das ist Heidi! Sieht sie nicht genauso schön aus wie die Mädels aus *Germany's Next Topmodel*? Schau mal, wie grazil sie läuft – und dann diese Traumfigur.«

Die beiden Männer lachten vergnügt, als sie hörten, wie ein Wagen in der Nähe hielt. Der Trapper stand auf und ging zu dem alten, blauen Bulli. Er sah einen älteren Mann und eine junge Frau aussteigen.

Christian Kupery und Mira, Schlottis Tochter, bedrängten ihn sofort mit Fragen. »Wo ist er? Wie geht es ihm?«

Der Trapper führte die beiden zu den gestapelten Baumstämmen, und Mira fiel ihrem Vater sofort um den Hals.

»Mensch Papa, was machst du denn für Dinger? Wie kommst du hier hin? Bist du verletzt?«

Schlotti fand noch nicht einmal Zeit, etwas zu antworten. Kupery hatte unterwegs Mira und den Rollstuhl eingeladen. Er musste jetzt aber einsehen, dass ihm der Rollstuhl hier im Gelände nichts nutzte. Gerade als er noch überlegte, wie er seinen Freund in sein Auto bekäme, hatte der Trapper Schlotti schon hochgehoben und trug ihn zum Wagen. Mira hielt Gattertor und Wagentür auf, und Schlotti war dankbar und froh, im bequemen Sitz Platz nehmen zu können.

Er reichte dem Trapper die Hand. »Du hast was gut bei mir! Lass uns mal ein paar Bierchen nehmen und ... vielen Dank!«

Der Trapper wurde etwas verlegen. »Och, das war doch nichts. Aber deine Einladung zum Bier nehme ich gerne an. Bis die Tage.«

* * *

Auf dem Rückweg sollte Schlotti viele Fragen beantworten und musste doch bei den meisten passen. Er hatte wenig bis nichts gesehen. Mira wollte, dass er eine Anzeige bei der Polizei aufgab. Nur mit Mühe konnte er sie davon abbringen. Er hätte ohnehin nichts weiter mitteilen können, und dem Spott der Exkollegen wollte er sich nicht aussetzen.

Kupery war beunruhigt. Der Hinweis des Entführers, die Warnung gelte auch »für Ihren Freund, den Buchhändler«, konnte nur eines bedeuten: Die gemeinsame Recherche der beiden war jemandem ein Dorn im Auge.

Aber wem?

Schlotti sah verstohlen zu Mira, und Kupery verstand, dass er nicht im Beisein seiner Tochter reden wollte. Er wollte jetzt nur noch nach Hause, um sich frisch zu machen. Mira musste auch gleich weiter, ihr Dienst begann in Kürze.

So begleitete Kupery seinen Freund bis in dessen Wohnung, nachdem sie sich von Mira verabschiedet hatten. »Sag mir, wie ich dir helfen kann, mein Freund«, forderte er Schlotti auf.

»Das Beste wird sein, mich in Ruhe zu lassen. Ich komme schon klar.«

Nun, da sie alleine waren, konnte Kupery die Sache mit dem mysteriösen Hinweis ansprechen. »Wieso sagt der Mann, dass diese Warnung auch für mich gilt? Was hat er mit meiner Suche nach dem verlorenen Erben zu tun?«

Schlotti kratze sich am Kopf und verzog dabei das Gesicht.

»Darüber denke ich auch die ganze Zeit nach. Wo ist da eine Verbindung? Du suchst doch nur diesen Tobias Müller, und ich habe recherchiert, was es mit den Grundstücken für das Hotelprojekt und dem Naturschutzgebiet auf sich hat. Die Grundstücke gehören doch gar nicht dem ollen Stolten.«

»Merkwürdig«, kommentierte Kupery, »vielleicht gibt es da eine Verbindung, die wir so noch gar nicht sehen.« Er kramte einen USB-Stick aus seiner Hosentasche. »Bist du noch fähig, dir ein Foto anzuschauen?«

Schlotti rollte schon heran und steckte den Stick in einen Slot.

Kupery bemächtigte sich der Maus und klickte auf die entsprechende Datei. Sofort erschien das Foto aus der Zeitung vom Fahrradunfall formatfüllend auf dem Monitor. Schlotti schaute es sich interessiert an.

Dann blickte er fragend zu Kupery.

»Finde den Fehler, Schlotti«, sagte dieser nur.

Schlotti schaute noch einmal ganz genau auf das Bild. Dann schüttelte er bedauernd den Kopf. »Ich glaube, ich bin noch zu belämmert von den K.-o.-Tropfen.«

»Ich bin über den Ast gestolpert«, gab Kupery eine kleine Hilfestellung. »Das ist der Ast, der plötzlich auf den Radweg gefallen sein muss.«

»Ja und?«

»Schau dir die Bäume im Hintergrund an. Alles Birken. Und jetzt schau dir den Ast an.«

»Mmmmh«, machte Schlotti nachdenklich. »Definitiv Buche, keine Birke!«

# 31. KAPITEL

In der Firma Stolten war es bemerkenswert ruhig für einen normalen Werktag. Michael Stolten saß in seinem Büro und wartete voller Spannung auf seinen Fahrer Andrzey. Zwei unangenehme Telefonate hatte er schon über sich ergehen lassen. Er hasste es, wenn er kleine Brötchen backen musste. Natürlich sei alles in Ordnung, und ja, schon bald würden die versprochenen Finanzmittel zur Verfügung stehen.

Dabei hatte er vor, alle jetzt noch eingehenden Gelder für sich einzunehmen und eher heute als morgen alle Brücken hinter sich abzubrechen und spurlos zu verschwinden. Noch hatte er die selbstgesetzte Mindestsumme nicht zusammen. Deshalb hatte er so viel Hoffnung auf das Erbe gesetzt.

In die Stille brummte plötzlich der Lkw in der Hofeinfahrt. Andrzey war zurück.

Kurz darauf kam er ins Büro und grinste über das gesamte Gesicht. »Hallo Chef, wie geht's?« Er ließ sich auf den Besucherstuhl fallen.

»Wie soll's schon gehen? Hier liegt alles brach, die Kripo bringt immer noch alles durcheinander.«

»Ich hab mich schon gewundert, wo die Jungs sind. Na ja, ich habe fette Beute mitgebracht.«

»Kein Ärger? Kein Zoll?«

»Nichts«, und das Grinsen wurde breiter. »Ich hab die volle Ladung dabei. Bleibt es bei unseren Abnehmern?«

»Ja, die Jungs sind informiert. Ich kann sie anrufen, dann kommen sie vorbei und übernehmen die Ladung. Lade du schon mal ab. In einer halben Stunde sind sie da.« Damit griff er zum Telefon, und Andrzey verließ das Büro.

Sie brauchten nur fünfundzwanzig Minuten, bis der Transporter auf den Hof fuhr. Ein Mann kümmerte sich um die Verladung, während der Ältere der beiden ins Büro kam. Hier wurde ein wenig Smalltalk gemacht, bis der zweite Mann ebenfalls im Büro erschien. Der Daumen ging nach oben, und ein prall gefüllter, brauner Briefumschlag wurde über den Schreibtisch geschoben. Man wünschte sich noch weitere gute Geschäfte, dann verließen die beiden Männer das Büro.

Michael zählte das Geld und teilte es auf. Für sich behielt er den weitaus größeren Anteil. Er fand, dass der Anteil für seinen Fahrer trotzdem eigentlich zu hoch sei. Für einen Moment musste er der Versuchung widerstehen, sich noch an dem vereinbarten Teil zu bedienen. Aber er brauchte den Fahrer noch, für die eine letzte Tour.

* * *

Kupery erledigte die am Morgen ausgefallene Auslieferungstour. Einer Eingebung folgend fuhr er auf dem Rückweg nicht direkt zur Buchhandlung. Er parkte den Bulli am Parkplatz des Wasserparks in Währentrup und spazierte die kleine Anliegerstraße zur Villa Stolten entlang. Das Haus lag verlassen. Kupery ging langsam weiter und wurde in Höhe des Nachbargrundstückes plötzlich angesprochen.

»Tach auch, Herr Kupery!«

Kupery, in Gedanken versunken, schreckte auf. »Guten Tag, Herr …?«

Der alte Mann im Garten lächelte verschmitzt. »Na, so ein schlechtes Gewissen?«

»Nein, aber ich kann Sie gerade nicht einordnen«, gestand Kupery.

»Willy Möller! Ich komm ja nicht mehr so oft rauf in die Bergstadt. Früher war ich öfter in Ihrem Buchladen. Sie können sich ja auch nicht alle Namen merken.«

Aus einem Gebüsch lugte neugierig ein Dackel hervor und trottete langsam näher.

»Das ist Emma!«, stellte der alte Mann vor. »Sie kann die Hitze auch nicht mehr so gut ab.«

Kupery kramte schon in seinen Taschen. »Darf Emma denn ein Leckerli haben?«

»Na klar. Dann haben Sie aber 'ne Freundin fürs Leben!«

Emma nahm ohne Zögern auch das zweite Leckerli und ließ sich kraulen.

»Möchten Sie zu Frau Stolten?«, wollte Möller wissen. »Die ist nämlich gar nicht da.«

Sehr zu Emmas Leidwesen galt Kuperys Aufmerksamkeit wieder ganz dem Nachbarhaus und Willy Möller.

»Ach, ich bin mir gar nicht so sicher, was ich hier wollte. Vielleicht sollte ich kondolieren. Erst ihr Mann, dann noch ihr Sohn. Muss schwer sein für die Frau.«

Willy Möller winkte ab. »Sie gibt sich eher als die lustige Witwe. Gut, das mit dem Jungen hat sie wohl schon mitgenommen.«

Kupery kraulte wie abwesend Emma. »In so einer Nachbarschaft bekommt man so etwas natürlich mit.«

Willy Möller bewegte den Oberkörper hin und her, als wollte er abwiegen, was er dazu sagen sollte. Er rückte näher an Kupery heran und sprach leiser. »Aber groß in Trauer geht sie jetzt auch nicht. Ist auch kein Wunder. Also meine Frau und ich glauben ja, dass der Junge von Anfang an eher als Klotz am Bein gesehen wurde.«

Wieder stockte er, und Kupery kramte nach weiteren Leckerlis für Emma. Er wusste, da würde noch mehr kommen.

»Sehen Sie«, fuhr der Nachbar fort. »Der Vater war mit seiner Firma verheiratet und die Mutter mehr bei ihren Pferden. Erzogen wurde der Junge von Kinderfrauen, die sich hier die Klinke in die Hand gaben. Bis er dann ins Internat musste.«

Kupery sprach jetzt ebenso leise. »Das Verhältnis zu den Stiefkindern war dann wohl auch kein so glückliches?«

Willy Mölller lachte bitter auf. »Nee, ganz bestimmt nicht. Die Tochter konnte die Neue an Vaters Seite nun überhaupt nicht leiden.«

»Und der Sohn?«

Möller schaute sich um und versicherte sich, dass sie alleine waren. »Der war doch von Anfang an scharf auf seine Stiefmutter!«

Kupery musste schmunzeln. »Ach was! Das soll in den besten Familien vorkommen.«

»Sie glauben mir wohl nicht, was?« Möller tat ein wenig empört. »Erst letzten Freitag war er wieder hier, den ganzen langen Abend.«

Da schau her, dachte Kupery. Die Schöne und das Biest. Machten die etwa gemeinsame Sache? »Na ja, ist doch nicht so ungewöhnlich, wenn er seiner Stiefmutter nach dem Tod des Ehemannes Trost spendet.«

Willy Möller prustete los, als hätte Kupery einen tollen Witz erzählt. »Trost spenden! So nennt ihr jungen Leute das heute!« In ruhigerem Ton fuhr er fort: »Wissen Sie, meine Frau, die nimmt ja abends immer diesen Schlaftrunk aus der Apotheke. Da können Sie die wegtragen. Wenn die schläft, kriegt die nichts mehr mit. Ich brauche das nicht. Außerdem ist Emma in einem Alter, wo sie spät am Abend noch mal rausmuss. Ich lass sie dann immer hier im Garten pinkeln. Darf aber meine Frau nicht wissen!« Möller zwinkerte ihm verschwörerisch zu. »Am Freitagabend sind wir beide also noch mal draußen. Es war ja noch immer so warm, da hatte man alle Fenster geöffnet. Auch die beiden nebenan hatten die Terrassentür weit offen gelassen. Die Geräusche, die aus der Wohnung kamen, waren alles andere als jugendfrei. Wenn Sie verstehen, was ich meine.« Er knuffte den Ellenbogen in Kupery Seite.

»Sehr interessant. Ist er denn über Nacht geblieben?«

»Nee, so gegen halb zwei habe ich eine Autotür zufallen gehört. Ich denke, da ist er dann gefahren.«

Kupery kraulte noch einmal Emma hinter den Ohren. Er wollte sich soeben von dem alten Mann verabschieden, als sich die Tür der Villa öffnete und eine zierliche Frau mit halblangen, schwarzen Haaren heraustrat. Sie trug ein etwas zu großes, ausgebleichtes T-Shirt zu einer verwaschenen Jeans.

Kupery fragte rasch: »Wer ist denn das?«

Willi Möller hatte schon die Hand zum Gruß erhoben. »Das ist doch nur die Maria. Sie putzt bei den Stoltens. Eine ganz liebe, zurückhaltende Frau. Guten Tag, Maria!«

Die Frau winkte schüchtern zurück und erwiderte leise den Gruß. »Guten Tag, Herr Möller.«

Kupery ging zwei Schritte auf sie zu und sprach sie an. »Guten Tag. Mein Name ist Kupery. Darf ich Sie ein Stück begleiten?«

Maria sah unsicher erst zu Kupery, dann zu Herrn Möller. Der beruhigte sie: »Dem können Sie vertrauen, Maria. Das ist unser Buchhändler. Der tut nix, der will nur spielen!« Er lachte herzhaft über seinen Witz und ging wieder zu seinem Haus.

Maria ging ein paar schnelle Schritte die Straße hinunter. »Ich muss mich ein wenig beeilen, ich möchte den Bus nicht versäumen.«

Kupery, der keine Schwierigkeiten hatte, ihrem Schritttempo zu folgen, beschwichtigte sie. »Das schaffen wir.« Doch als sie ans Ende der Straße kamen, wurde Maria plötzlich langsamer und blieb stehen. »Da fährt er schon, mein Bus!«, sagte sie traurig, »und ich muss nun eine Stunde auf den nächsten warten.«

»Wo müssen Sie denn hin? Ich könnte Sie ein Stück mitnehmen.«

»Ich wohne in der Südstadt«, sagte sie schüchtern.

»Na, das liegt doch direkt auf meinem Weg«, log Kupery.

Sie schaute sich ihn genauer an. »Und Sie sind wirklich Buchhändler? Sie kommen nicht von der Behörde?«

Kupery war überrascht. Behörde? Was hatte sie zu verbergen? »Keine Sorge, ich bin von keiner Behörde oder so. Ich wollte von Ihnen so gern wissen, warum Sie mich beobachtet haben, als ich letztens hier war.« Er sah sie fragend an.

»Na, weil ich wissen wollte, ob Sie von der Behörde kommen«, lächelte sie nun endlich. »Ich arbeite nämlich nicht auf Steuerkarte bei Frau Stolten.«

Sie hatten Kuperys Bulli erreicht und stiegen ein.

»Von mir erfährt niemand etwas. Das geht mich auch nichts an. Gefällt es Ihnen denn hier?«

Sie schüttelte den Kopf. »Nein, nicht wirklich. Frau Stolten ist oft launisch und ungerecht. Immer droht sie mir mit Kündigung, wenn ich etwas nicht so mache, wie sie es gerne hätte. Dabei gebe ich mir so viel Mühe.« Kupery lenkte den Bulli in Richtung Oerlinghausen. Vorsichtig fragte er nach. »War denn wenigsten der junge Herr Stolten, der Florian nett zu Ihnen?«

»Den habe ich doch kaum gesehen. War ja nie zu Hause. Selbst als ihn vor einigen Tagen ein Freund besuchen wollte, war er nicht da. Dabei wollte der ihm wohl was Wichtiges sagen. Jedenfalls gab es Streit mit Frau Stolten, die sehr laut geworden ist und den Freund rausgeschmissen hat.«

Kupery fuhr unwillkürlich langsamer. »Wow, das war ja dann wie in einer Seifenoper im Fernsehen! Worum ging es denn da?«

»Sie müssen jetzt nicht denken, ich hätte gelauscht! Aber die beiden wurden so laut, dass man es im ganzen Haus hören konnte. Frau Stolten kam anschließend zu mir und sagte mir, ich solle das Ganze schnellstens vergessen.«

Kupery musste seine Ungeduld zügeln. »Und worum ging es bei dem Streit?«

Aus dem Augenwinkel sah er, dass Maria mit den Schultern zuckte.

»So genau habe ich das nicht verstanden. Der Freund wusste wohl von etwas, das vor Jahren passiert war. Er könnte sich jetzt wieder gut daran erinnern und der Florian sollte sich bald bei ihm melden. Er könnte ja auch sonst zur Polizei gehen. Die würden sich bestimmt auch dafür interessieren. Daraufhin hat Frau Stolten ein paar wirklich schlimme Worte gesagt und ihn rausgeschmissen.«

Kupery dachte daran, dass Maria ihn durchs Fenster beobachtet hatte. »Und wer der Freund war, konnten Sie nicht erkennen?«

»Nein, ich kannte den nicht. Der fuhr dann auf seinem Fahrrad davon. Oh, halten Sie bitte hier. Da vorne wohne ich. Vielen Dank fürs Mitnehmen!«

»Ich danke Ihnen«, brummte Kupery.

# 32. KAPITEL

Auf der Rückfahrt rief er bei Schlotti an. »Na, hast du dich erfrischt und von dem Schreck erholt?«

»Wie man es nimmt«, meinte Schlotti trocken. »Ich habe immer noch so einen komischen Geschmack von der Cola und dem Zeug, das sie mir verabreicht haben. Und mein Schädel brummt wie nach einem lustigen Zechgelage.«

»Armer Kerl«, frotzelte Kupery. »Wie sieht's aus? Bis du fit für eine kleine Lagebesprechung heute Abend in der ›Klappe‹ bei einem Bier?«

Bedauernd verneinte Schlotti: »Nee, lass mal. Mir ist noch nicht nach Alkohol. Wie sieht es denn mit ein bisschen Koffein bei dir im Büro aus?«

»Auch 'ne prima Idee! Ich bin gerade auf der Rückfahrt. Komm vorbei, wann immer dir danach ist. Bis später.«

So kam es, dass die beiden Freunde am späten Nachmittag in Kuperys Büro saßen. Kupery hatte eine spezielle Kaffeemischung vorbereitet und sah ein wenig verschmitzt auf seinen Freund, als dieser den Kaffee kostete.

»Na und? Wie schmeckt er?«, wollte er unbedingt wissen.

»Als Beutelipper kann ich nur sagen: kann man trinken! Und du weißt, das ist das höchste Lob, das hier vergeben wird.«

Kupery lachte laut auf. »Und das Beste kommt noch: Er ist entkoffeiniert! Da staunst du, was?«

Kupery bat Schlotti dann noch einmal um eine ausführliche Schilderung. Vielleicht sei ihm ja noch was aufgefallen. Aber damit konnte Schlotti beim besten Willen nicht dienen.

»Okay, dann wollen wir mal zusammen überlegen: Wer hat wem so fürchterlich auf die Füße getreten?« Kupery nahm ein leeres Blatt Papier und schrieb mit einem Edding *Florian*. »Ich bin lediglich auf der Suche nach einem Erben. Bislang erfolglos. Der eine Erbe ist tot, der andere benimmt sich wie eine offene Hose und hat bestimmt Dreck am Stecken. Nur welchen Dreck?« Kupery notierte den Namen *Michael*. Er sinnierte weiter. »Aber Mord? Ich traue ihm einiges zu, aber nicht einen Mord an seinem Stiefbruder.«

»Und was ist mit seiner Buchhalterin?«, warf Schlotti ein.

Doch Kupery schüttelte den Kopf. »Für den Abend, an dem das Mädchen ermordet wurde, hat er ein Alibi. Da war der feine Herr bei seiner Stiefmutter, um Trost zu spenden.«

»Was ist mit der Schwester?«

Kupery schrieb *Tanja* auf das Papier, sodass die Namen der drei Erben in einer Reihe standen. Mittig unter diesen drei Namen schrieb er *Karin*. Süffisant murmelte er »Wir wollen doch nicht die böse Stiefmutter vergessen. Die hatte übrigens vor einigen Tagen wohl noch einen heftigen Streit mit einem Freund ihres Sohnes.« Kupery informierte Schlotti über sein Gespräch mit der Haushaltshilfe Maria.

Der kommentierte lakonisch: »Das bringt uns aber jetzt auch nicht weiter.«

»Nein, nicht so wirklich. Dann lass du doch mal hören. Wer könnte es dann auf dich abgesehen haben?«

Schlotti musste gar nicht lange überlegen. »Ich habe ja bekanntlich mehr in Richtung Naturschutzgebiet recherchiert. Natürlich könnte das dem einen oder anderen Lokal- oder Kreispolitiker nicht gefallen haben, sofern sie überhaupt etwas davon mitbekommen haben. Aber der Hausmann, der Unternehmer aus Detmold, den habe ich direkt angesprochen. Dem könnte es missfallen, wenn wir seine Grundstücksgeschäfte öffentlich machen.«

Kupery notierte auch den Namen *Hausmann* auf seinem Papier. Dann nahm er einen roten Edding und verband die Namen *Michael* und *Hausmann* mit einer Linie. »Und hier gibt es einen Zusammenhang. Stolten soll doch Grundstücke an Hausmann verkauft haben – oder dies zumindest geplant haben. Das hört man zumindest aus gewöhnlich gut informierten Bankerkreisen.«

Schlotti schaute ihn verständnislos an. »Hä?«

Kupery klärte ihn auf. »Du kennst doch auch den Paul von der Sparkasse. Der war selber an einem Grundstück interessiert, ist aber nicht zum Zug gekommen.« Beide starrten eine Weile auf das Papier.

Dann hatte Kupery noch etwas auf dem Herzen. »Du, die Kripo war ja auch bei mir. Ich soll dich schön grüßen.«

Schlotti musste schlucken.

Kupery fuhr fort: »Von Frau Mercan. Als ich von ihr wissen wollte, woher und seit wann es da eine Verbindung gibt, sagte sie mir nur, dass mir das der olle Feigling mal schön selbst erzählen solle.«

Schlotti schaute angestrengt in seine Tasse.

»Na, dann erzählt doch mal.«

Schlotti stellte seine Tasse auf dem Schreibtisch ab und lehnte sich in seinem Rollstuhl zurück. Er schaute eine Weile an Kupery vorbei, grade so, als ob er sich sammeln müsste. »Okay«, begann er dann zögernd. »Du musst wissen, dass Nehir und ich früher in derselben Dienstgruppe waren und häufig gemeinsam auf Streife unterwegs waren. Wir waren ein gutes Team, haben uns gemocht. Oh ja, manch einer hat uns auch ein Verhältnis angedichtet. Aber ich war verheiratet, und auch von ihr aus lief da gar nichts, was über den Dienst hinausging.« Er nahm noch einen Schluck Kaffee, dann sah er Kupery direkt an. »Ich habe dir noch nie erzählt, wie es zu meiner Verletzung kam, nicht wahr?«

»Nein, das hast du nicht.«

»Dann ist es jetzt wohl an der Zeit. Es war die Nacht von Donnerstag auf Freitag, 6. August 2009. Nehir und ich fuhren gemeinsam Streife auf Nachtschicht. Für Duisburg war es eine ruhige Nacht. Dann eine Trunkenheitsfahrt. Ich weiß noch genau, dass der arme Kerl seinen Job verloren hatte und seinen Kummer ertränkt hat. Als wir ihn anhielten und ihn schließlich nach der Blutprobe von der Wache aus zu Fuß nach Hause schickten, hat er geweint wie ein Schoßhund. Wir hatten Mitleid mit ihm, aber besoffen Autofahren geht nun mal nicht.«

»Da bin ich ganz bei dir.«

»Kurz vor ein Uhr bekamen wir von der Zentrale die Meldung, es sei eine Ruhestörung auf einem verlassenen Fabrikgelände gemeldet worden. Da wir in der Nähe waren, sind wir zu der angegebenen Adresse gefahren. Eine Industriebrache mit jeder Menge verfallenen Gebäudeteilen. Wir sind langsam auf das Gelände gefahren, haben hinterm Eingangstor den Wagen abgestellt und in die Dunkelheit gehorcht. Da war erst einmal nichts – nichts zu sehen, nichts zu hören.

Plötzlich ein infernalisches Kreischen, wie von einem Trennschleifer, der sich durch Stahl frisst. Nur ganz kurz, aber mörderisch laut. Da denkst du sofort an einen Einbruch. Wir haben uns dann weiter vorgewagt, Nehir links, ich rechts an den Ziegelsteinwänden entlang. So weit, dass wir vorsichtig um die nächsten Häuserecken schauen konnten. Aus einem Tor links von uns fiel ein Lichtstrahl auf den Weg, und nun hörten wir leise, gedämpfte Hammerschläge. Ich bin rüber zu Nehir und habe ihr zugeflüstert, dass wir Verstärkung anfordern sollten. Wir wussten doch gar nicht, wer und wie viel Leute sich da herumtrieben, und legal war das, was sie dort machten, bestimmt auch nicht. Ich lief also zurück zum Streifenwagen, während Nehir an der Häuserecke blieb und beobachten wollte.« Schlotti hielt kurz inne, als müsste er sich besinnen, wie es weiterging. Dann sagte er: »Ich war gerade am Streifenwagen angekommen und stand an der geöffneten Fahrertür, als ich einen Motor aufheulen hörte. Kurze Zeit später raste eine Limousine auf mich zu. Ich hörte Schüsse fallen. Sie galten Nehir, die sich schnell auf den Boden fallen gelassen hatte. Ich riss meine Dienstwaffe aus dem Holster, entsicherte und schoss auf den Wagen. Ich weiß nicht, ob ich getroffen habe. Aber der Schuss, den der Täter auf den Wagen abgegeben hatte, durchschlug die Fahrertüre und landete in meinem Körper, kurz über dem Becken. Die Limousine verschwand in der Nacht. Nehir kam zu mir gelaufen, sah die Bescherung und alarmierte sofort einen Rettungswagen.«

Er schwieg und auch Kupery musste das Gehörte zunächst einmal verdauen.

Dann aber platzte es doch aus ihm heraus: »Und wieso bist du jetzt ein Feigling? Ich kann da nichts Feiges erkennen.«

Schlotti zuckte mit den Schultern, nahm seinen Kaffee und zeigte Kupery bedauernd die leere Tasse. Der machte sich sofort daran, Nachschub zu produzieren.

»Darum geht es doch gar nicht. Ich glaube, sie ist sauer auf mich, weil ich mich so total zurückgezogen habe und ihr aus dem Weg gegangen bin.«

Kupery schüttelte den Kopf. »Habt ihr denn nie darüber gesprochen?«

Jetzt schüttelte Schlotti den Kopf. »Nein. Sie hat mich ein, zwei Male im Krankenhaus besucht. Hatte immer Tränen in den Augen. Es würde ihr so leidtun und so weiter und so weiter. Mit Mitleid kann ich nun mal nicht umgehen. Später ging es dann für mich in Reha, und als ich wieder nach Duisburg kam, war sie weg. Ich bin dann zu weiteren Therapien nach Bad Driburg und Bad Salzuflen gekommen, und als ich dann auch noch meine Ehefrau vergrault und in die Scheidung getrieben hatte, bin ich hier im Lipperland hängen geblieben.«

Kupery gab seinem Freund eine frische Tasse Kaffee.

»Na, Gott sei Dank: Sonst hätte ich dich nie kennengelernt.«

»Wie schon Laotse wusste: Glück erhebt sich aus dem Unglück.«

# 33. KAPITEL

Schlotti saß am nächsten Morgen am Schreibtisch und starrte auf den Bildschirm, der drei Fotos von jungen Menschen zeigte. Ein Mädchen, zwei junge Männer. Darunter ihre Namen und ihre Geburtstage. Was verband deren Schicksale? Wo war die Klammer? Schlottis Augen wurden müde. Dennoch zwang er sich, weiter auf die Fotos zu gucken.

Die Türglocke riss ihn aus seinen Gedanken, und es dauerte eine Weile, bis er sich gelöst hatte und sein Handy zur Hand nahm.

»Ja bitte?«

»Nun mach schon auf! Oder hast du unsere Verabredung vergessen?«

Schlotti beeilte sich, seine Tochter Mira einzulassen. Sie war genau die Person, die er jetzt an seiner Seite brauchte.

Mit Schwung kam Mira in die Wohnung gestürmt und schleuderte eine große Sporttasche in eine Ecke. Dann umarmte sie ihren Vater.

»Na, alter Mann. Wie geht es dir denn heute?«

»Wenn du mich noch einmal alt nennst, lege ich dich übers Knie! Mir geht es gut. – Du siehst so entspannt aus. Hast du dich ausgetobt?«

Mira bediente sich aus einer Schale Obst und antwortete mit vollem Mund. »Ja, super Training! Habe eine Runde gegen Nehir geboxt. Junge, ist die fix.«

»Hat sie dich fertiggemacht?«

»Ich würde sagen: unentschieden.« Erst jetzt fiel ihr Blick auf den Monitor. »Was hast du da? Knobelst du an einem neuen Fall?«

Doch dann erkannte sie das rechte Foto.

»Du, das ist doch dieser Stolten, Florian Stolten, nicht wahr? Wer sind denn das Mädchen und der Junge?« Mira las laut: »Melanie Dombrowsky, geboren 3.4.1997. Tom Faltenmeier, geboren 16.2.1997« Sie sah ihren Vater an. »Was haben die beiden mit Stolten zu tun?«

Schlotti schüttelte den Kopf. »Ich weiß es einfach nicht. Ich mag nur nicht an so viele Zufälle glauben. Alle drei waren hier am Gymnasium in derselben Jahrgangsstufe. Alle drei sind tot. Das Mädchen verunglückte 2014 in der Sandgrube, Tom Faltenmeier hatte vor einigen Tagen einen Fahrradunfall. Florian Stolten stammt aus demselben Jahrgang. Merkwürdig, nicht wahr? Aber ich erkenne keine weiteren Gemeinsamkeiten.«

Mira sah ihn fragend an.

Ihr Vater erklärte: »Du kennst doch auch noch Frau Müller-Wiesner?«

»Oh ja!« Mira verdrehte leicht die Augen »Mathematik und Geografie. Wie könnte ich sie vergessen!«

»Nun, ich traf sie heute Morgen beim Bäcker. Wir unterhielten uns natürlich über den Tod von Florian Stolten. Da sprach sie so geheimnisvoll von einer ›Todesklasse‹. Als ich nachfragte, sagte sie mir, dass diese drei jungen Menschen«, er zeigt auf die Fotos, »damals alle in dieselbe Klasse gegangen sind. Da bin ich ins Grübeln gekommen, ob es Gemeinsamkeiten gibt. Ich finde aber keine!«

Beide überlegten eine Weile, bis Mira fragte: »Hast du schon die familiären Hintergründe geprüft? Gibt es da Übereinstimmungen?«

Schlotti lachte auf. »Wie soll ich das denn machen? Ich habe die Fotos bei diesem Schülerportal Stayfriends gefunden, aber ich habe doch keinen Zugriff auf eure Datenbanken.« Er sah seine Tochter linkisch an. »Aber du …«

Die winkte ab. »Och, komm, Papa. Du weißt, dass ich ohne einen begründeten Verdacht da nicht einfach recherchieren kann.« Dann stockte sie. »Aber Nehir kann das! Warum fragst du sie nicht einfach. Ruf sie an!«

»Als wenn das so einfach wäre«, brummte Schlotti vor sich hin.

Nun baute sich Mira vor ihrem Vater auf. »Du musst mir bitte mal erklären, was da zwischen euch läuft beziehungsweise nicht läuft! Es ist doch nicht so schwierig, Nehir um einen Gefallen zu bitten, oder?« Miras Augen funkelten gefährlich.

»Ich habe ja noch nicht mal ihre Nummer«, murmelte er kleinlaut.

Mira hatte schon ihr Handy in der Hand und schrieb die Nummer auf den Rand einer Zeitung. »Hier! Und jetzt sag endlich, was los ist.«

Schlottis Miene hatte sich verdunkelt. Mit eingezogenen Schultern saß er in seinem Rollstuhl und brummte ungehalten: »Verdammt noch mal, es ist doch alles nicht so leicht für mich. Ich habe schon deine Mutter vergrault, weil ich keinen Menschen sehen wollte. Nehir habe ich doch auch links liegen gelassen, habe mich sogar verleugnen lassen, als sie mich besuchen wollte. Und jetzt soll ich sie so mir nichts, dir nichts anrufen? Ich ernte doch höchstens einen Tritt in den Allerwertesten!«

Mira nahm das Gesicht ihres Vaters in beide Hände. »Da kommt sie ja gar nicht dran, du sitzt ja drauf! Du oller Stoffel, wenn du eine gute Unterstützung für deine Nachforschungen brauchst, dann ruf sie an.« Mira nahm ihre Tasche auf und verschwand ebenso schwungvoll, wie sie gekommen war.

Schlotti starrte nun abwechselnd auf den Bildschirm und auf die Rufnummer auf der Zeitung. Dann nahm er sein Telefon zur Hand.

# 34. KAPITEL

Kupery war wieder einmal auf seinem Dienstbotengang, wie er es nannte. Er brachte bestellte Bücher zu ihren Empfängern. Waren das bislang nur Anwaltskanzleien, Firmen und Schulen gewesen, so nutzten mittlerweile immer mehr Privatkunden den »Lieferservice« der Buchhandlung. »Couchpotatos«, beklagte sich Kupery manchmal und dass der Mensch von Natur aus faul und träge sei.

Dann hatte ihn seine Frau mit der Idee überrascht, ein Lastenfahrrad für diese Auslieferungstouren anzuschaffen. Mit Vehemenz widersetzte sich Kupery. Er schlug ihr vor, dafür lieber ein Motorrad mit Seitenwagen anzuschaffen. Dann könnten sie damit am Wochenende auch noch durch das schöne Lipperland touren. Susanne wollte nicht einmal ernsthaft über seinen Vorschlag diskutieren.

So fuhr er auch heute wieder mit seinem blauen VW-Bulli los. Dabei stellte er seine Tour so zusammen, dass er noch einen Abstecher zum Firmengebäude von Michael Stolten machen konnte. Vielleicht hatte der ja etwas Neues zum Zusatzerben herausgefunden.

Doch zunächst einmal in die Schule im Ortsteil Lipperreihe. Kupery freute sich schon auf das Schwätzchen im

Sekretariat. Dann rüber zum Flugplatz und Fachbücher in einen Produktionsbetrieb liefern. Es sollte der erste außerplanmäßige Boxenstopp folgen – beim Bäcker. Kupery kaufte sich ein Mettbrötchen ohne Zwiebeln. Die würde seine Frau sofort riechen. Er würde das Brötchen während der Fahrt essen und dabei versuchen, so wenig wie möglich zu krümeln.

Als er aus dem Bäckerladen trat, nahm er ihn zum ersten Mal bewusst wahr: Da stand am Straßenrand auf einem Parkstreifen ein dunkelblauer Kastenwagen älteren Baujahrs. Die Aufschrift an den Seiten *YILMAZ Obst- und Früchteimport* war ausgeblichen. Etwas klingelte in Kupery, und er überlegte angestrengt, ob er den Wagen nicht auch schon am Flugplatz gesehen hatte. Nun war es durchaus nicht ungewöhnlich, dass ein Lieferwagen bei einem Bäcker hielt und die Mannschaft sich mit Kaffee und belegten Brötchen versorgte. Kupery beschloss, zu warten und sein Brötchen sofort zu verzehren. Vielleicht stieg ja bald wieder jemand ein und der Transporter fuhr davon. Dann hätte er sich eingestanden, dass er schon Gespenster sah.

Es stieg jedoch niemand ein, und das Fahrzeug blieb stehen. Kupery warf ein Blick auf seine Päckchen und stellte eine Tour zusammen, die kreuz und quer durch Oerlinghausen führte und nicht einer sinnvoll ausgewählten Route bis zurück zur Buchhandlung folgte.

Er startete den Bulli und musste sich zwingen, nicht in die Fahrerkabine des Transporters zu schauen, als er daran vorbeifuhr. An seiner nächsten Station musste er das Päckchen lediglich an der Pforte des Werktores abgeben. Das ging ganz rasch, und er fuhr weiter zu Frau Winkler. Die alte Dame lebte allein in einem schnuckeligen Haus und kümmerte sich mit ihren 89 Jahren noch liebevoll um ihren Garten. Sie ließ sich schon seit Langem regelmäßig Gartenbücher liefern, und Kupery fragte sie jedes Mal, wann denn endlich ihr eigenes Buch erscheinen würde. Sie hätte doch schon so viel Kompetenz erworben, da wäre es nur gerecht, sie würde ihre Erfahrungen weitergeben. Frau Winkler war dann stets gerührt und schenkte ihm zum Dank gerne etwas von ihren Erzeugnissen. Natürlich genoss sie auch das Gespräch, und so konnten die Besuche bei ihr schon einmal etwas länger dauern.

Als Kupery Frau Winkler verließ, war von dem Kastenwagen nichts mehr zu sehen. Auf der Landstraße Richtung Lage erkannte er den Transporter jedoch wieder im Rückspiegel. Er rief Schlottis Tochter Mira an.

»Hallo Mira, hier ist Christian Kupery«, meldete er sich, als sie das Telefonat annahm.

Sofort fragte sie besorgt: »Ist wieder was mit meinem Vater?«

»Nein, nein, dem alten Haudegen geht es gut. Aber ich glaube, ich könnte deine Hilfe gebrauchen. Du erinnerst dich doch, dass Schlotti erzählte, ein Kastenwagen hätte ihn transportiert. Bist du gerade im Dienst oder wo erreiche ich dich?«

Mira klang angespannt. »Ich bin im Dienst, wir sind auf Streife.«

»Es mag Einbildung sein«, fuhr Kupery fort, »aber ich habe den Eindruck, dass mich ein dunkler Transporter seit geraumer Zeit verfolgt.«

»Gibt es Anzeichen dafür, dass man Sie bedrohen, rammen, ach was weiß ich … kommt man Ihnen irgendwie gefährlich näher?«

Kupery überlegte einen Moment. »Nein, das gerade nicht. Aber man gibt sich auch keine große Mühe, sich zu verbergen. Es macht mich nervös.«

»Wo sind Sie denn gerade?«, wollte Mira wissen.

»Ich bin auf der B 66 und fahre in Richtung Lage.«

Miras Kollege, der mit im Streifenwagen saß, raunte ihr etwas zu, was Kupery nicht verstand.

Dann meldete sich Mira wieder. »Fahren Sie bitte normal weiter auf der B 66. Wir sind in Lage unterwegs und kommen Ihnen entgegen. Legen Sie bitte nicht auf, Herr Kupery.«

»Danke, ich hoffe ja immer noch, dass das alles nichts zu bedeuten hat.«

Bereits kurze Zeit später kam ihm auf der Landstraße ein Streifenwagen entgegen.

»Ich hab dich gesehen, Mira.«

»Ja, wir Sie auch. Gerade fahren wir an einem Transporter vorbei. Aufschrift YILMAZ. Ist er das?«

»Ja!«, bestätigte Kupery jetzt doch sehr aufgeregt.

»Okay! Da vorne kannst du wenden, Axel.« Kurze Pause. »Wir sind jetzt direkt hinter ihm.«

Nun konnte Kupery auch Miras Kollegen verstehen, der lauter sagte: »Das ist schön, sein Bremslicht ist ja defekt. Da müssen wir doch unbedingt mal Recht und Ordnung schaffen. Zeig ihm doch mal unser schönes Stoppzeichen.«

Auf dem Dach des Streifenwagens leuchtete gut sichtbar der Schriftzug STOP – und das kurze Aufheulen der Sirene bewirkte den gewünschten Effekt. Die beiden Fahrzeuge hielten auf einem Seitenstreifen an.

»Danke, Mira. Jetzt fühle ich mich schon viel besser. Ich melde mich später wieder bei dir und ...« Kupery machte ein Pause. »Passt schön auf euch auf!«

# 35. KAPITEL

Andrzey hatte beim Umladen der Hehlerware geholfen und war noch beim Lkw geblieben. Er wartete, bis der zweite Mann ins Büro marschierte, dann erst öffnete er einen weiteren Behälter und lud noch mehr Zigarettenstangen in bereitgestellte Kartons. Er hatte noch auf eigene Rechnung eingekauft und verstaute die Kartons nun in einer verborgenen Ecke der Lagerhalle. Die beiden Männer kamen zu ihrem Transporter zurück und fuhren davon. Erst jetzt ging Andrzey gemächlich durch die nun leere Produktionshalle zurück. Am Empfang sah er sich nach einer Tasse Kaffee um. Dort konnte er hören, wie sein Chef telefonierte. Der wurde immer etwas lauter, wenn er erregt war.

»Natürlich bekommen Sie Ihr Geld, ich hab es Ihnen doch gesagt.«

Pause.

»Ja, ich sage Ihnen doch, wir haben noch eine große Tour zu erledigen, dann bin ich wieder flüssig. Die zwei, drei Tage können Sie mir doch noch gewähren.«

Eine längere Pause folgte.

Michael Stolten antwortete jetzt wesentlich leiser. Er klang eingeschüchtert. »Selbstverständlich. Der Mann ist zuverlässig und verschwiegen.«

Wieder Pause.

Dann noch gedämpfter: »Das ist mir egal. Ich hab sowieso danach keine Verwendung mehr für ihn.«

Dann war das Gespräch beendet.

Andrzey schlug laut die Tür zur Halle zu und ging pfeifend ins Büro. »Alles klar, Chef? Haben die Jungs ordentlich bezahlt?«

Stolten schob ihm das Bündel Geld über den Schreibtisch. »Hier, dein Anteil. Es hat sich mal wieder gelohnt.«

Andrzey grinste und zählte nach. Dabei dachte er: für dich schon. Aber ich komme auch ohne dich auf meine Kosten. Zu seinem Chef gewandt sagte er: »Was ist jetzt mit der Sondertour? Stehen die Paletten bereit?«

»Du kannst gleich aufladen. Sie stehen schon auf der Rampe. Wenn du es schaffst, kannst du gleich wieder los.«

Andrzey schüttelte den Kopf. »Okay. Ich lade auf, fahre dann aber nach Hause, dusche und nehme eine Mütze voll Schlaf. Ich will doch nicht wegen Überschreitung der Lenkzeiten angehalten werden. Am Abend bin ich dann wieder unterwegs.«

Man sah es Michael Stolten an, dass ihm diese Verzögerung nicht schmeckte. Trotzdem sagte er fast gönnerhaft: »Ja natürlich, das hast du dir verdient.«

Andrzey verließ pfeifend das Büro. Er hatte richtig gute Laune. Sein Chef hatte also keine weitere Verwendung für ihn. Der Gedanke amüsierte ihn, wusste er doch, dass diese letzte Tour eine Fahrt ohne Wiederkehr sein würde. Die Maschinen würde er noch pflichtschuldig abliefern und den Kaufpreis dafür in Empfang nehmen. Dann würde er wie gewünscht in seine alte Heimat nach Polen fahren. Dort würde sicher schnell ein neuer Eigentümer für den Lkw zu finden sein. Für seinen alten Chef hatte er danach also keine weitere Verwendung.

# 36. KAPITEL

Axel Kutscher stieg behäbig aus dem Streifenwagen und setzte seine Dienstmütze auf. Betont lässig ging er zu dem Transporter, wo der Fahrer bereits das Seitenfenster heruntergelassen hatte.

»Guten Tag, allgemeine Verkehrskontrolle. Bitte einmal Ihren Führerschein und die Fahrzeugpapiere.«

Der Fahrer kramte das Gewünschte aus einer Ablage und reichte es dem Polizisten wortlos.

Mira war an die Seite des Transporters getreten und warf einen Blick auf den Fahrer und den Beifahrer. Ihr entging nicht, dass der Jüngere nervös versuchte, unauffällig zu bleiben.

Ihr Kollege Kutscher hatte inzwischen die Papiere gesichtet und gab sie weiter an Mira. »Hier, schau mal, ob was anliegt.« Mira nahm die Papiere und ging zurück zum Streifenwagen. Dort notierte sie sich Namen und Anschrift des Fahrers. Dann nahm sie Kontakt zur Leitstelle in Detmold auf.

Der Fahrer fand seine Sprache wieder: »Liegt was an, Herr Wachtmeister?«

Kutscher musste schmunzeln. »Sie wissen nicht, warum wir Sie angehalten haben? Dann steigen Sie doch bitte mal aus.«

Der Fahrer tat wie ihm geheißen, und Kutscher führte ihn zum Heck des Transporters. Dort zeigte er auf die Rücklichter.

»Das Glas ist gebrochen und Ihr Bremslicht funktioniert nicht. Das ist nicht ungefährlich!«

Der Fahrer stammelte: »Hab ich noch gar nicht bemerkt.«

Kutscher schaute sich weiter den Wagen an, wies dann auf den Hinterreifen. »Ganz schön abgefahren, das Teil. Was glauben Sie, wie weit Sie damit von der gesetzlich vorgeschriebenen Mindestprofiltiefe entfernt sind?«

Der Fahrer zuckte lediglich mit den Schultern.

Kutscher ging langsam weiter um das Fahrzeug. Mira kam jetzt hinzu. Sie gab die Papiere wieder an den Fahrer. Zu ihrem Kollegen sagte sie: »Liegt nichts vor.« Auch sie schaute sich den Wagen an. »Wo wir schon mal dabei sind, zeigen Sie mir bitte mal Verbandskasten und Warndreieck«, bat sie den Fahrer.

Etwas trotzig kam von ihm zurück: »Die sind hinten drin.«

»Na, dann machen Sie doch mal auf. Ein Blick von uns wird da genügen.«

Ohne weitere Einwände wurde die Tür aufgeschoben, und sofort schlug ihnen eine Duftwolke aus verschiedensten Gemüsesorten aus dem ansonsten leeren Wagen entgegen. Der Fahrer wies auf die an der Wagenwand mit Gummizügen befestigten Teile.

»Danke schön«, sagte Mira. »Ein Geruch, an den man sich immer wieder gerne erinnert.«

Bevor der Fahrer etwas erwidern konnte, hielt Axel Kutscher ihm ein Formular hin. »Hier, ein Mängelbericht. Sie müssen nun zügig die festgestellten Mängel beseitigen. Dann fahren Sie zur nächsten Dienststelle und lassen sich das quittieren. Oder die Werkstatt quittiert das und Sie senden das Formular mit der Post zurück. Einen schönen Tag noch.«

# 37. KAPITEL

Kupery hatte die nächste Gelegenheit genutzt und gewendet. Er passierte das Polizeifahrzeug und den Transporter. Dort sah er Miras Kollegen mit dem Fahrer am Heck des Transporters, während Mira im Streifenwagen saß. Erleichtert machte er sich auf den Weg, beschloss, jetzt noch zu Michael Stolten in die Firma zu fahren.

Vor dem flachen Gebäude standen nur wenige Fahrzeuge, und es war erstaunlich still. Auch vermisste er den typischen Geruch von geschmolzenem Kunststoff, der sonst permanent in der Luft lag. Er betrat das Gebäude und wurde überrascht. Am Schreibtisch des Empfangs saß über Papiere gebeugt Walter Träger.

»Sie hier?«, stieß Kupery hervor.

»Was wollen Sie denn hier?«, sprach der ihn nicht gerade freundlich und mindestens ebenso überrascht an.

»Ich, ich …«, stammelte Kupery verwirrt. »Ich wollte mich bei Herrn Stolten erkundigen, ob man schon …«

Träger unterbrach ihn. »Sie bekommen auch gar nichts mit, wie? Frau Schneider wurde hier tot aufgefunden. Da hat Herr Stolten wohl gerade ganz andere Sorgen.«

»Ich hörte von dem Unglücksfall. Aber wieso sind Sie dann wieder hier?«

Träger sah ihn geringschätzig an. »Weil ich hier gebraucht werde! Herr Stolten rief mich gestern an und erklärte mir seine Notlage. Er braucht jetzt jemanden, der sich hier im Betrieb und in der Buchhaltung auskennt.«

Kupery nickte verständig. »Und da hat er Sie kurzerhand wieder eingestellt. Wie nett von ihm.«

Träger sortierte weiter Unterlagen auf seinem Schreibtisch.

»Sie können mir natürlich auch nicht sagen, ob Frau Schneider noch einen Hinweis zu den Zahlungen gefunden hat?«

Jetzt sah ihn Träger ein wenig mitleidig an. »Also dafür hatte ich nun wirklich noch keine Zeit. Und nein, ich habe hier auf dem Schreibtisch noch keinen Hinweis gefunden. Schauen Sie sich doch selbst einmal dieses Durcheinander an.« Er wies auf die verschiedenen Stapel an Ausdrucken, Ordnern und Heften.

»Sagen Sie, Herr Träger, ist denn Herr Stolten kurz zu sprechen?«

»Der ist gar nicht im Hause.« Träger blickte nicht einmal auf, sondern konzentrierte sich augenscheinlich auf eine Mappe. »Er sagt, er hätte einen Termin bei seinem Rechtsanwalt.« Er blätterte weiter in der Mappe und murmelte vernehmlich: »Das ist ja interessant!« Träger hielt einige bedruckte Briefbögen der Firma Stolten in der Hand. »Da schau einer an. Das sind Kündigungsschreiben. Soweit ich sehe, an die noch vorhandenen Mitarbeiter!« Er schien für den Moment die Anwesenheit von Kupery verdrängt zu haben. Bis er plötzlich einen weiteren Bogen in die Höhe hielt. »Das müssen Sie sich ansehen!«

Kupery sah auf das Schreiben, das Träger ihm zeigte. Es war adressiert an Simone Schneider, und in der Betreffzeile stand wie bei allen anderen in Fettdruck: *Betriebsbedingte Kündigung*.

»Wie Sie schon sagten, offenbar werden alle Mitarbeiter entlassen. Wichtig erscheint mir aber ohnehin eher die Rückseite des Schreibens.«

Jetzt drehte er das Blatt Papier um und hielt es Kupery vor die Nase.

Dieser brauchte nur wenige Augenblicke, um den Inhalt zu erfassen.

In großen, handschriftlichen Lettern stand dort:

*Wenn Du glaubst, du könntest dich so billig aus der Affäre ziehen, hast du dich getäuscht. Ich bin gespannt, was deine Frau zu unserer Nummer in deinem Büro sagen wird. Es wird von deiner Großzügigkeit abhängen, wie viel sie erfahren wird. Simone*

Kupery pfiff durch die Zähne. »Interessant. Wo haben Sie das denn gefunden?«

»Na, hier in der Mappe. Sie waren doch gerade live dabei. Die Kündigungsschreiben sollten Herrn Stolten sicherlich noch zur Unterschrift vorgelegt werden.«

Kupery bat Träger, das Schreiben in eine Klarsichthülle zu stecken. »Ihre Fingerabdrücke sind auf jeden Fall jetzt mit darauf. Sie müssen das Schreiben unbedingt der Polizei zeigen.«

Während Träger nach einer Hülle suchte, hatte Kupery rasch ein Foto mit seinem Handy von dem Kündigungsschreiben geschossen. Als Träger sich wieder dem Schreibtisch zuwandte, fotografierte Kupery gerade die Rückseite.

»Was machen Sie denn da?«, fragte Träger scharf.

Kupery beschwichtigte. »Nur für mein privates Archiv. Man bekommt ja nicht alle Tage ein Erpresserschreiben zu Gesicht.«

\* \* \*

Zurück im Buchladen, versuchte Kupery, Nehir Mercan telefonisch zu informieren. Er bekam jedoch ihren Kollegen Lange ans Telefon.

»Ah, der buchhändlerische Detektiv mit der tollen Kaffeemaschine«, begrüßte ihn dieser.

»Wenn Sie in der Gegend sind, schauen Sie gerne mal wieder auf einen Kaffee herein. Heute habe ich aber etwas anderes im Angebot. Ich komme soeben von der Firma Stolten.« Er machte eine Pause, und Lange posaunte sofort los.

»Was machen Sie denn am Tatort? Sie sollten sich doch tunlichst zurückhalten.«

»Sehen Sie, Herr Lange, offiziell wusste ich ja gar nichts vom Tod der Simone Schneider. Ich traf dort auf den alten Buchhalter Träger, der hat es mir erzählt. Und jetzt kommt's: Er fand in den Unterlagen auf dem Schreibtisch mehrere Kündigungsschreiben an Mitarbeiter der Firma.«

Kupery hörte Papier rascheln, Lange kramte offensichtlich in seinen Unterlagen, um dann zu bestätigen: »Das ist uns bekannt!«

»Gut. Ist Ihnen dann auch das Erpresserschreiben von Simone an ihren Chef bekannt?« Lange zog scharf die Luft ein.

»Nein! Was für ein Erpresserschreiben? Wie kommen Sie darauf?«

»Weil ich es gesehen habe. Ich bat den Buchhalter, das direkt an Sie zu melden. Das hat er wohl noch nicht gemacht.«

»Nein!«

»Geben Sie mir eine Mobilnummer. Ich sende Ihnen die Fotos, die ich gemacht habe. Wer weiß schon, ob dieses Schreiben wirklich an Sie weitergereicht wird.«

Lange diktierte ihm eine Handynummer, die Kupery sofort für den Versand der beiden Fotos nutzte. Fast im selben Moment meldete Lange: »Ist angekommen. Danke. Das wirft ein neues Bild auf die Angelegenheit. Ich denke, ich brauche Ihre Aussage dazu und melde mich später bei Ihnen.«

»Noch eine Frage«, schob Kupery hastig ein, bevor Lange das Telefonat beenden konnte.

»Ja bitte?«

»Wie wahrscheinlich ist es, dass Ihre Leute dieses eine Schreiben bei der Durchsicht der Unterlagen übersehen haben?«

Am anderen Ende der Leitung blieb es lange still.

»Gute Frage!« Damit legte er auf.

Kupery stand auf und wollte sein Büro schon verlassen. Aber das Telefon hielt ihn auf.

»Hallo, mein Lieber«, flötete Schlotti. »Wen haben wir denn da aufgeschreckt? Mira hat mich grade angerufen. Sie meint, der Transporter, der dich verfolgt hat, könnte der gewesen sein, der mich bei den Ochsen abgeladen hat.«

»Aber nachweisen kann man das natürlich nicht, oder?«

»Nein, aber wir haben jetzt einen Namen! Die Jungs können wir ganz gut im Auge behalten«, sagte Schlotti grimmig.

»Bleib bitte vorsichtig. Es scheint, als wäre mit denen nicht zu spaßen.« Kupery war besorgt.

»Ich pass schon auf. Was du aber bestimmt noch nicht erfahren hast: Karin Stolten ist ebenfalls am Wochenende mit ihrem Wagen verunglückt!«

»Wie bitte? Wie ist das denn passiert?«

»Sie ist offenbar mit ihrem Auto in einen Pferdeanhänger gekracht. Nicht etwa auf offener Straße! Nein, auf dem Pferdehof. Sie wollte wohl den Hof verlassen, als plötzlich die hinteren Scheiben ihres Autos mit einem Knall zerplatzten. Vor Schreck ist sie aufs Gaspedal gerutscht, und es hat WUMM gemacht.«

»Und wieso platzen plötzlich die hinteren Fahrzeugscheiben? Was hat sie dazu der Polizei gesagt?«

»Wieso Polizei? Ich habe das von Peter, dem Sanitäter, erfahren. Man hatte vom Hof einen Rettungswagen gerufen. Sie haben die Frau zur weiteren Untersuchung in die Klinik Rosenhöhe gefahren.«

»Und der Peter erzählt dir das mal eben so?«

»Oh Mann, Christian, manchmal stehst du aber echt auf der Leitung. Der Peter fährt mich ab und an. Da kommt man halt ins Gespräch!«

Kupery sah das Grinsen in Schlottis Gesicht förmlich vor sich.

»Wie sieht es aus? Heute Abend Lagebesprechung beim Pils?«

»Sehr gerne, Schlotti. Sagen wir, nach Ladenschluss in der ›Klappe‹.«

# 38. KAPITEL

Christian Kupery fuhr zum Bahnhof Oerlinghausen. Im »Café Fahrzeit« gönnte er sich ein großes Stück Apfelkuchen und einen Cappuccino. Er musste seine Gedanken ordnen und die Puzzleteile richtig zuordnen. Irgendwo in seinem Gedankenkarussell hakte es noch.

Er rief in der Firma Stolten an. Dort meldete sich jedoch nur der Anrufbeantworter. Kupery kramte in seinen Unterlagen. Richtig, er hatte sich doch die Privatanschrift von Michael Stolten notiert. Er zahlte und machte sich auf den Weg. Der Bahnhof Oerlinghausen lag in der Nachbargemeinde Leopoldshöhe, und so waren es nur ein paar Kilometer bis zum Haus der Familie Stolten. Es war eine Doppelhaushälfte mit einem sehr gepflegten Garten. Über die Einfahrt zur Garage erreichte man auch die moderne Haustür.

Als er die Klingel betätigte, ertönte ein melodischer Glockenklang. Kupery wollte sich schon abwenden, als die Haustür nach einer langen Zeit doch noch zögerlich geöffnet wurde. Eine zierliche Frau steckte vorsichtig den Kopf heraus. Ihre gepflegte Erscheinung wurde durch die rot unterlaufenen Augen getrübt. In den Händen hielt sie mehrere Papiertaschentücher. Sie hatte geweint.

»Guten Tag. Frau Stolten?«

Sie sah ihn fragend an.

»Mein Name ist Kupery, Christian Kupery. Ich recherchiere für den Notar ...«

»Mein Mann hat mir von Ihnen erzählt. Kommen Sie bitte herein, Herr Kupery, und ... entschuldigen Sie bitte meinen Aufzug.«

Er betrat eine geschmackvoll eingerichtete Diele und blieb unschlüssig stehen.

»Bitte hier entlang.«

Eva Stolten ging voraus in das Wohnzimmer. Zur Rechten stand vor einem ausladenden Bücherregal ein kleiner, zierlicher Schreibtisch. Links schmiegte sich eine Wohnlandschaft aus Leder in die Zimmerecke. Ein paar geschmackvolle Aquarelle schmückten die Wände.

Eva Stolten blieb in der Mitte des Raumes stehen und sah Kupery erwartungsvoll an.

»Ich hatte gehofft, Ihren Mann anzutreffen«, begann dieser.

Nur mit offensichtlicher Mühe unterdrückte Eva Stolten einen weiteren Tränenfluss. »Er ist nicht hier. Mein Mann sagt mir schon länger nicht mehr, wo er ist und wen er trifft. Und jetzt erfahre ich, dass er unter Mordverdacht steht.«

Sie musste sich schnäuzen. Kupery verstand nicht so recht und fragte daher nach. »Wieso erfahren Sie jetzt davon? Und von wem?«

Eva Stolten straffte sich ein wenig und berichtete. »Heute Mittag erhielt ich einen Anruf. Eine Männerstimme sagte mir, ich solle im Briefkasten nachschauen. Dort liege der Grund, warum man meinen Mann unter Mordverdacht verhaftet habe. Das Gespräch wurde sofort beendet. Natürlich habe ich gleich nachgeschaut. Ich habe einen USB-Stick gefunden.«

»Und? Haben Sie nachgeschaut, was auf diesem Stick gespeichert war?«

»Natürlich! Hätten Sie das denn nicht gemacht?« Sie schluckte erneut schwer. Dann bat sie ihn an den Schreibtisch. Ein kleiner Laptop stand dort aufgeklappt, und an der Seite steckte ein USB-Stick.

Mit einem Doppelklick an der Tastatur öffnete sie die Datei. Sie wandte sich ab, als das Video abgespielt wurde. Kupery erkannte das Büro sofort. Die Szene zeigte Michael Stolten und Simone Schneider in eindeutiger Stellung auf dem Schreibtisch des Firmeninhabers. Kupery stoppte die Wiedergabe, betrachtete aber das Standbild eingehend. Dann erkannte er, wo er zu suchen hatte. Michael Stolten wurde überwacht, und er wusste nun, wo eine Kamera versteckt sein musste. Unklar war ihm jedoch, wer ein Interesse an der Überwachung hatte.

Eva Stolten stand an der Terrassentür und blickte in den Garten.

»Er wollte, dass ich der Polizei sage, er wäre am Freitagabend früh zu Hause gewesen. Ist mein eigener Mann ein Mörder? Mein Gott, habe ich einen Mörder beschützt?«

Kupery fasste sie sanft an den Schultern. »Liebe Frau Stolten, das ist jetzt sehr wichtig: Haben Sie schon jemandem von diesem Video erzählt?«

Sie schüttelte nur den Kopf.

»Stecken Sie den USB-Stick in einen Umschlag, den muss natürlich die Polizei bekommen. Vielleicht sind ja ein paar Fingerabdrücke darauf. Sie müssen selbstverständlich Ihre Aussage bei der Polizei korrigieren. Das wird schmerzlich für Ihren Mann. Aber zunächst möchte ich mich mit ihm unterhalten. Haben Sie eine Ahnung, wo er ist?«

»Nein! Wirklich nicht!« Sie schaute ihn aus großen Augen an.

Er schrieb die Telefonnummer des Kommissariats auf einen Zettel und gab ihn Eva Stolten.

»Hier, rufen Sie jetzt bitte dort an und erzählen Sie vom USB-Stick und korrigieren Ihre Aussage. Wenn Ihr Mann heimkommt, richten Sie ihm bitte aus, er möge mich anrufen. Es ist wichtig!«

Sie brachte ihn zur Tür und legte ihm eine Hand auf den Arm.

»Danke!«, konnte sie nur leise sagen.

Kupery war versucht, sie in die Arme zu schließen, beließ es jedoch bei einem Nicken und stieg in seinen Bulli.

Er fuhr zurück nach Oerlinghausen und verzog sich in sein Büro. Seine Frau schaute kurz herein. Sie fragte, wo er sich herumtreibe und ob sie damit rechnen dürfe, dass er auch noch ein wenig für sie tätig sein würde. Die düstere Miene, mit der er sie statt einer Antwort bedachte, ließ sie die Bürotür schnell wieder schließen. Später kam sie erneut ins Büro und fragte versöhnlich, ob er ihnen beiden einen Kaffee zubereiten könne.

»Na, komm, erzähle. Welche Laus ist dir über die Leber gelaufen?«

Kupery erzählte seiner Frau von seinem Gespräch mit dem alten Mann in Währentrup, dem Besuch bei Eva Stolten und dem Video.

»Ich glaube, dass Michael Stolten eine Menge Dreck am Stecken hat. Ich kann ihn überhaupt nicht leiden. Er betrügt seine Frau, hintergeht seine Mitarbeiter und will seine Geschwister in der Erbschaftsangelegenheit über den Tisch ziehen. Aber ich glaube einfach nicht, dass er ein Mörder ist.«

Das Telefon klingelte, Susanne nahm ab. »Ja, der ist hier. Einen Augenblick bitte.« Sie reichte ihrem Mann das Telefon. »Herr Träger für dich.«

Kupery meldete sich. Dann hörte er zu und sagte schließlich: »Ja, kann ich machen. Nach Ladenschluss, sagen wir 18:30 Uhr. Okay.« Er legte auf und sah seine Frau nachdenklich an. »Er sagte, er hätte noch etwas Interessantes in den Unterlagen gefunden.« Kupery schlug mit der Hand auf den Schreibtisch und brummte böse: »Der Herr wird mir auch noch ein bis zwei weitere Fragen beantworten müssen.«

# 39. KAPITEL

Schlotti fuhr nervös durch seine Wohnung. Seine Gedanken pendelten zwischen den Erinnerungen an seinen Schicksalstag und den Fotos der drei verstorbenen jungen Menschen, deren Gemeinsamkeit alleine darin bestand, dass sie dieselbe Jahrgangsstufe in der Schule besucht hatten.

Die Todesklasse.

In der Küche wartete eine Glaskanne mit Teebeuteln auf heißes Wasser. Schlotti schaute auf die Uhr. Kurz nach sechs. Gleich würde sie eintreffen. Zeit also, den Wasserkocher in Betrieb zu nehmen.

Sein Handy verkündete den Eingang einer SMS: *Bin kurz weg. Wird später. Gruß CK.* Christian würde sich also verspäten. Gut so, das ließ ihm mehr Zeit für das anstehende Gespräch. Er sinnierte noch, was Christian wohl aufgehalten haben könnte, als sein Handy das Signal der Türklingel ertönen ließ. Sie war da. Er betätigte den Code für den Öffner und murmelte ins Mikrofon: »Komm nach oben.« Dann rollte er zu seiner Wohnungstür, hinaus in den Flur. Er schmunzelte, als der das Stakkato energischer Schritte aus dem Treppenhaus vernahm. Natürlich nahm sie nicht den Aufzug.

Ohne aus der Puste geraten zu sein, wandte sich Nehir Mercan ihrem ehemaligen Kollegen zu. »Hallo, altes Haus! Vielen Dank für deine Einladung.« Sie beugte sich zu ihm und reichte ihm die Hand zum Gruß.

Mit belegter Stimme bat Schlotti sie herein. »Dann komm mal in meine bescheidene Hütte.«

Sie ging vor und ließ ihre Blicke neugierig durch die Wohnung wandern.

»Ich habe uns einen Tee gemacht. Nimmst du immer noch ein wenig Honig dazu?«, fragte Schlotti, der langsam seine Selbstsicherheit wiederfand.

»Ja, gerne.« Nehir blieb in der Küchentür stehen und sah zu, wie Schlotti alles auf ein Tablett stellte.

Sie besaß genau dieses Feingefühl, ihn nicht zu fragen, ob sie ihm helfen konnte. Schlotti balancierte alles geschickt auf seinem Schoß. Er führte sie in sein Wohn- und Arbeitszimmer. Hier standen schon die Tassen und der Honig bereit. Schlotti goss ein. Nehir schaute sich ungeniert genau um, betrachtete die großformatigen Fotos an den Wänden, das Bücherregal und die zwei kleinen Sessel, die vor einem schmalen Holztisch standen. Schlotti schaute Nehir ebenso ungeniert an, ihre langen, schlanken Beine, die in Röhrenjeans steckten. Dazu trug sie hochhackige Sandalen. Die weite, weiße Bluse fiel luftig über ihren Oberkörper.

Nehir hatte die Besichtigung abgeschlossen. Zu den Fotos auf dem großen Bildschirm sagte sie nichts. Sie träufelte etwas Honig in ihren Tee und rührte bedächtig um.

»Danke«, sagte sie, »dass ich dich hier einmal besuchen darf.«

Schlotti nickte. Er suchte noch nach Worten. Dann endlich fand er einen Ansatz. »Es war nicht immer leicht, weißt du?«, begann er zögernd.

Sie nickte und sah ihm in die Augen. »Warum hast du mich gemieden? Was habe ich getan, das dich so verletzt hat?«

Sie sagte es völlig normal, kein Angriff war in ihrer Stimme, kein Vorwurf.

Schlotti erkannte, dass er jetzt offen sein musste.

Er senkte seinen Blick. »Du doch nicht. Ich bin mit mir nur nicht klargekommen. Das Loch war so tief, in das ich gefallen bin, da konnte ich keinen Menschen neben mir ertragen. Außerdem frage ich mich seit dem Vorfall, ob ich mich richtig verhalten habe. Wollte uns in Deckung bringen, auf Verstärkung warten. Wäre ich doch nur mit dir nach vorn gegangen.«

»Dann wären wir beide jetzt wahrscheinlich tot!«, unterbrach ihn Nehir. »Du hast uns davor bewahrt, gänzlich in eine ganz miese Falle zu tappen. Oder hast du dich nie gefragt, wer uns da wohl an der Fabrikhalle aufgelauert hat?«

»Es vergeht kaum ein Tag, an dem ich mich nicht frage, wo der Wagen so plötzlich hergekommen ist. Man muss uns beobachtet haben, aus der Dunkelheit heraus.«

»Richtig!«, stimmte Nehir zu. »Das Hämmern und Schleifen war nur ein Vorwand, uns anzulocken. Erst als du zurück zum Wagen gingst, preschte die Limousine vor.«

Schlotti nickte. Ihre Gedanken deckten sich mit seinen. »Es sieht so aus, als hätte ich damit die Pläne durchkreuzt.«

Nehir trank einen Schluck Tee und sagte dann über die Tasse hinweg: »Bleibt noch die Frage, ob der Anschlag uns persönlich galt. Wer konnte wissen, dass wir auftauchen würden?«

»Ja, und wem sind wir derart auf die Füße getreten?«

Beide schwiegen eine Weile.

Schlotti sagte plötzlich: »Danke.« Er musste schlucken. »Ich glaube, ich habe dir bis heute nicht einmal Danke gesagt, dafür, dass du sofort den Rettungswagen gerufen hast. Ich war wohl schon immer ein Blödmann.« Wieder stockte er.

Sie sah ihm in die Augen. »Schlotti, wir können das ganz kurz machen. Es gibt vieles, über das wir uns unterhalten können. Aber bestimmt nicht über Feigheit und Versagen. Also vergiss mal dein Selbstmitleid und lass uns da neu beginnen, wo wir vor diesem unsäglichen Abend standen!« Sie stand auf und umarmte ihn herzlich.

»Ist das jetzt angekommen?«

Schlotti nickte strahlend.

»Können wir uns dann um das Aktuelle kümmern? Wer sind die jungen Leute auf deinem Monitor?«

»Das mag ich an dir, Nehir. Immer direkt und das Wesentliche im Blick.« Er rollte vor seinen Schreibtisch und deutet auf die Fotos. »Den jungen Mann zur Linken kennst du, wenn auch nur als Leiche.« Dabei deutete er auf Florian Stolten.

Nehir nickte. »Auf den Fotos der Rechtsmedizin sah er nicht so gut aus.«

Schlotti wies auf das nächste Foto. »Der junge Mann in der Mitte hieß Tom Faltenmeier. Er starb vor einigen Tagen bei einem Fahrradunfall.« Schlotti sah rasch zu Nehir.

Sie hatte die Augenbrauen hochgezogen und nickte ihm zu. »Und?«, fragte sie, als Schlotti nicht gleich fortfuhr.

»Tom Faltenmeier stammt aus Oerlinghausen – wie Florian. Und«, er machte eine theatralische Pause, »war in derselben Klasse wie Florian. So ein Zufall, oder wie ich immer sage …«

»Zufälle gibt es nicht«, beendete Nehir den Satz. »Wer hat die Ermittlungen geführt?«

Schlotti hob bedauernd die Schultern. »Keine Ahnung. Ich konnte das nicht recherchieren.«

Sie starrten weiter auf den Monitor.

»Und das Mädchen?«

Schlotti zog einen Zettel aus einem Papierstapel. »Das war Melanie Dombrowsky. Verunglückte 2014 an der Sandgrube. Sie wurde nur 16 Jahre alt.«

Nehir wartete darauf, dass Schlotti weitersprach. Als der schwieg, schüttelte sie ungeduldig ihren Kopf. »Ja und? War es ein Unglück oder nicht? Was hat sie mit den Jungs zu tun?«

»Nicht sehr viel. Merkwürdig ist: Sie war auch in derselben Klasse. Aber sonst finde ich einfach keine Gemeinsamkeiten«.

Das Handy von Nehir meldete sich.

»Ja?« Sie hörte eine Weile zu. »Sehr gut. Wenn du noch im Büro bist, schau doch mal, was unser Computer hergibt zu einem Todesfall aus 2014. Melanie Dombrowsky.«

Sie musste nicht lange warten, so zügig kam die Information.

»Warte mal«, rief Nehir dazwischen »ich stelle das Handy kurz auf Lautsprecher. Ich sitze hier bei Schlotti, der darf mithören.«

»'n Abend Herr Schlotthauer«, sagte eine noch jung klingende Stimme und legte sofort los. Der junge Kollege las offensichtlich von seinem Monitor ab. »Melanie Dombrowsky wurde am Montag, 2.6.2014, gegen acht Uhr morgens in der Sandgrube gefunden. Offenbar war sie bei den ungenehmigten Partyfeierlichkeiten anlässlich des Vatertages von der Abbaukante gefallen und beim Sturz von den Sandmassen begraben worden. Es ist vermerkt, dass die Eltern bereits am Freitag Vermisstenanzeige gestellt hatten. Nach dem Leichenfund erlitt die Mutter einen Schock und musste zur Behandlung in die Klinik gebracht werden. Die Identifizierung der Leiche nahm der Stiefvater vor, Walter Träger, der danach auch kurzfristig ambulant versorgt werden …«

»Moment!« Schlotti war aufgeregt. »Wie hieß der Stiefvater?«

»Träger, Walter Träger«, bestätigte der Kollege im Büro.

Schlotti stieß einen Pfiff aus.

* * *

Kupery kramte ein paar Sachen von seinem Schreibtisch zusammen. Sein Handy vibrierte kurz, auf dem Display blinkte das rote Symbol des Akkus. »Mist!«, brummte er und sucht nach dem Ladekabel.

Seine Frau hob kurz den Kopf und lugte über ihren Monitor. »Was ist denn?«

Kupery fand endlich das Kabel. »Ausgerechnet jetzt verabschiedet sich mein Akku«, verkündete er missmutig. »Wenn Schlotti anruft, sag ihm doch bitte, ich komme später noch in die ›Klappe‹.«

»Wo willst du denn jetzt noch hin?«

»Ich fahre noch mal kurz zur Firma Stolten. Der Träger sagte mir doch am Telefon, er hätte noch weitere interessante Unterlagen gefunden.«

Susanne nickte nur kurz, sie war schon wieder mit der Eingabe einer größeren Bestellung beschäftigt.

Als Kupery vor das Haus trat, bemerkte er den hohen Wolkenturm über dem Tönsberg. Da braute sich was zusammen.

* * *

Schlotti trommelte nervös mit seinen Fingern auf die Schreibtischplatte. Nehir sah ihn fragend an.

Er deutete auf seinen Monitor. »Die drei Menschen rücken immer näher zusammen. Aber wo ist die Gemeinsamkeit, die alles zusammenklammert?«

Wieder setzte das nervöse Stakkato seiner Finger ein. Dann nahm er sein Telefon. »Ich muss mit Christian sprechen«, sagte er, während er schon wählte.

»Hallo, Frau Kupery, kann ich kurz Ihren Mann sprechen? … Wohin denn? … Ah. Wann ist er losgefahren? … Nein danke, ich melde mich wieder.« Er legte abrupt auf und schaute Nehir eindringlich an.

»Er ist zur Firma Stolten gefahren. Der Herr Träger habe angerufen. Er habe weitere interessante Unterlagen gefunden.«

Die beiden schauten sich einen Moment lang schweigend an. Dann fuhr Schlotti auf. »Der ist wohl verrückt geworden. Der fährt da ganz allein hin!« Er rollte schon zu Wohnungstür, drehte sich dann noch einmal um.

»Los! Worauf wartest du noch? Du musst mich da mal eben hinfahren.« Er stockte, als er das Lächeln in Nehirs Gesicht sah.

»Noch immer der Alte. – Wie wäre es, wenn du mich einmal lieb darum bitten würdest?«

Schlotti ließ theatralisch seine Schultern zusammen-fallen. »Allerliebste Nehir, würde es dir etwas ausma-chen, mich rasch zur Firma Stolten zu fahren?« Er mach-te eine Pause, um dann wieder eindringlicher fortzufah-ren. »Ich habe nämlich das Gefühl, dass dort etwas nicht ganz koscher ist.«

Nehir war jetzt bei ihm und hielt die Wohnungstüre auf. Während sie auf den Fahrstuhl warteten, fragte sie: »Irgendwelche Fakten?«

Doch Schlotti schüttelte den Kopf. »Nur mein Gefühl. Nur mein verdammt ungutes Gefühl«

# 40. KAPITEL

Kupery stutzte, als er am Gebäude der Firma Stolten vorfuhr. Von den drei Autos, die vor dem Haus standen, konnte er zwei sofort einordnen. Der Wagen von Michael Stolten stand auf dem für die *Geschäftsleitung* reservierten Platz direkt am Eingang. Daneben erkannte er den SUV von Karin Stolten. Den dritten Wagen kannte er nicht.

Kupery parkte seinen Bulli auf einem freien Platz. Er stieg nicht sofort aus, sondern kramte noch durch diverse Fächer und Ablagen seines Wagens, fand endlich das Gesuchte, unterzog es einem kurzen Funktionstest und steckte es dann zufrieden in eine Tasche seiner Weste.

Erst dann betrat er bedächtig das Gebäude. Nichts deutete auf irgendwelche Tätigkeiten hin, nur aus dem Chefbüro am Ende des Gangs fiel Licht durch die geöffnete Tür.

Kupery blieb am Empfang stehen. Etwas fehlte. Der sonst ständig vorhandene penetrante Geruch von geschmolzenem Kunststoff lag nicht in der Luft.

Kupery blieb weiter am Empfang stehen. »Herr Träger?«, rief er in die Stille. »Sind Sie da?«

Aus dem Büro kam ein schabendes Geräusch, als würden Stühle gerückt. Dann erschien das Gesicht von Walter Träger im Türrahmen.

»Ah, der Herr Kupery. Das ist fein. Kommen Sie doch dazu.« Diese übertriebene Freundlichkeit überraschte Kupery. Er ließ seine Hand in die Tasche seiner Weste gleiten, drückte unauffällig einen Knopf und ging dann zum Büro.

Walter Träger trat mit einer linkischen Verbeugung zur Seite und bat ihn einzutreten. Kupery machte zwei Schritte ins Büro und blieb dann abrupt stehen. Michael und Karin Stolten saßen auf den Besucherstühlen vor dem großen Schreibtisch. Die Hände mit Kabelbinder an den Armlehnen gefesselt, die Füße an den Stuhlbeinen ebenso fixiert. Beiden klebte ein breiter Streifen graues Klebeband über dem Mund.

Kupery fuhr herum und starrte auf Träger, der immer noch in der Tür stehend eine große, klobige Pistole auf ihn richtete.

»Herr Kupery, tun Sie jetzt nichts Unbedachtes, bitte.« Träger sagte dies mit einem schiefen Lächeln. Leise und mit seiner ruhigen und müden Stimme fuhr er fort. »Drehen Sie sich bitte wieder um und verschränken Sie die Arme auf dem Rücken.«

Kupery zögerte. Er horchte der Stimme nach, konnte in ihr jedoch keine Unentschlossenheit entdecken. Langsam drehte er sich um und brachte die Arme auf den Rücken.

Träger trat rasch vor und legt ihm eine vorbereitete Handfessel aus zwei Kabelbindern an. Diese zog er fest zu, sodass sie in die Haut schnitten. Dann rückte er einen weiteren Stuhl an den Schreibtisch und deutete mit der Pistole darauf. »Setzen Sie sich!«, befahl er.

Kupery tat es, auch wenn er mit den Händen auf dem Rücken nur vorn auf der Stuhlkante sitzen konnte. Träger setzte sich in den Chefsessel und legte die Pistole auf dem Schreibtisch ab, der Lauf zeigte auf die Gefesselten.

Träger lächelte überheblich. »Nun, Sie fragen sich bestimmt, was das alles zu bedeuten hat.«

Michael und Karin Stolten versuchten sofort, mit wilden Bewegungen ihrer Oberkörper sich von den Fesseln zu befreien. Dazu versuchten beide, sich durch die Knebel verständlich zu machen, doch mehr als ein undeutliches Gestöhne konnten sie nicht zustande bringen. Bald gaben sie auf und sandten nur noch wütende und ängstliche Blicke in Trägers Richtung.

Der schaute sie voller Verachtung an und knurrte: »Die Knebel bleiben dran. Sie würden mir ja eh nicht zuhören und nur dazwischenquatschen. Nehmen Sie sich ein Beispiel an Herrn Kupery. Der Mann hat Stil. Sitzt da und sagt kein Wort.« Ein spöttisches Grinsen zog über Trägers Gesicht.

Kupery wusste tatsächlich nicht, was er zu der Situation sagen sollte. In ihm kämpften die unterschiedlichsten Gefühle. Furcht, die sich in lautem Protest Bahn brechen wollte, und Neugier über das, was Träger wohl zu diesen Maßnahmen getrieben haben könnte. Gleichzeitig versuchte er unauffällig die Möglichkeiten zur Flucht auszuloten.

Träger genoss offensichtlich die Situation. Er wandte sich an Kupery: »Wussten Sie eigentlich, dass die beiden seit Längerem ein Liebespaar sind?«

Kupery nickte. »Ja, das ist mir bekannt.«

Michael und Karin Stolten blickten ungläubig zu Kupery. Auch Träger konnte seine Verwunderung nicht verbergen.

»Respekt, Herr Kupery. Die beiden geben sich nämlich viel Mühe, ihre Beziehung zu verheimlichen. Man glaubt es kaum. Da schläft die Stiefmutter mit ihrem Stiefsohn. Eigentlich unerhört.«

Kupery erklärte: »Das kommt in den besten Familien vor.« An Karin Stolten gewandt fügte er hinzu. »Sie haben sehr aufmerksame Nachbarn, Frau Stolten.«

Träger nickte. Er sah jetzt wieder die beiden Geknebelten an.

»Nur dass dies nicht die beste Familie ist – und war. Eine Bande von Heuchlern, Schmarotzern und Ehebrechern. Der alte Stolten würde sich im Grab umdrehen, wenn er von den Machenschaften seines Sohnes wüsste.« Er wandte sich wieder Kupery zu und fragte in geradezu höflichem Ton: »Wissen Sie eigentlich, wie es um die Firma Stolten steht?«

Kupery versuchte, sich vorzubeugen. Jetzt wurde es interessant. »Nein, für mich bestand keine Veranlassung, mich damit zu befassen«, antwortete er ebenso freundlich.

»Die Firma ist pleite! Bankrott! Am Ende!«, dozierte Träger voller Sarkasmus.

Michael Stolten riss dies erneut aus seiner Starre. Wütend und wild versuchst er, sich von den Fesseln zu befreien und lautstark eine Entgegnung zu brüllen. Ohne Erfolg.

Träger fuhr ihn an: »Lassen Sie das doch. Es nützt Ihnen nichts«, um sich dann wieder im Plauderton mit Kupery zu unterhalten. »Insolvenzverschleppung nennt man das, was Herr Stolten seit einigen Monaten betreibt. Mit dem normalen Geschäftsbetrieb hat er kaum noch Einkünfte erzielt. Da hat er sich auf den lukrativeren Zigarettenschmuggel verlegt. Zu schade nur, dass die letzte Lieferung vom Zoll beschlagnahmt wurde.«

Er grinste Michael Stolten an. Dessen erstickten Ausruf konnte man auch ohne große Fantasie mit »Sie waren das?« verstehen.

Kupery versuchte vergeblich, sich auf seinem Stuhl in eine bequemere Position zu bringen. »Das ist sicherlich nicht rechtens, Herr Träger. Aber kann das Grund genug sein, ihn hier zu fesseln und zu knebeln?«

»Geduld, Herr Kupery, Geduld. Ich habe so lange darauf gewartet, meine Geschichte zu erzählen, und es freut mich, in Ihnen einen aufmerksamen Zuhörer gefunden zu haben.«

Kupery fühlte sich keinesfalls geschmeichelt, unterließ aber jede Erwiderung. Solange Träger reden wollte, war noch nichts verloren.

Und Träger fuhr fort: »Herr Stolten hat sich nach und nach von den Mitarbeitern getrennt und – was noch wichtiger ist – auch von den Produktionsmaschinen. Wenn Sie rüber in die Produktionshalle schauen, werden Sie nur noch ein paar ganz alte, unverkäufliche Teile finden. Die letzten Teile befinden sich auf dem Lkw Richtung Berlin. Auf dem Rückweg soll der Fahrer wieder eine Ladung Zigaretten aus Polen … aber was ist denn, Herr Stolten, Sie sind ja so blass geworden.« Mit einem hämischen Grinsen setzte er ihm weiter zu: »Und natürlich habe ich auch über diese Tour den Zoll informiert.«

Kupery empfand kein Mitleid mit Michael Stolten. Seine Stiefmutter schien genervt und knurrte Michael durch den Knebel an.

»Ja, Frau Stolten, Sie betrifft das selbstverständlich auch. Auch Ihr schönes Haus wird unter den Hammer kommen, oder hat Ihr Sohn nicht erzählt, wie hoch er das Haus belastet hat?«

Wütend funkelte Karin Stolten erst Träger, dann ihren Stiefsohn an.

Die beiden ruckten so wild mit ihren Stühlen, dass Träger sich gezwungen sah dazwischenzugehen.

In dem Moment, in dem Träger die beiden Kontrahenten auf ihren Stühlen ein wenig auseinanderzog, bemerkte Kupery für einen sehr kurzen Augenblick ein Gesicht im Fenster zur Straße. Träger erhaschte Kuperys Blick zum Fenster und fuhr herum.

\* \* \*

Nehir Mercan fuhr den Dienstwagen zügig an dem Firmengebäude vorbei und bog in die nächste Querstraße ab.

»Vier Autos vor dem Haus!«, resümierte Schlotti. »Die beiden SUVs gehören den Stoltens, der Bulli ist von Christian, den Volvo kenne ich nicht.«

Nehir stieg aus und holte den Rollstuhl aus dem Kofferraum. Sie stellte ihn an die Beifahrertür. Noch ehe sie Hilfe anbieten konnte, schwang Schlotti sich an Rahmen und Tür hochziehend aus dem Wagen. Sie setzte Schlottis Füße auf die Vorrichtungen und schaute ihn aus der Hocke fragend an: »Was nun? Ich rufe mal Verstärkung!«

Doch Schlotti wehrte ab. »Kannst du immer noch machen. Du gehst nach vorn, ich rolle mal in den Hinterhof. Vielleicht haben sie mir ein Tor offen gelassen.

»Wenn du von vorne nichts erkennen oder nicht eingreifen kannst, dann ruf die Verstärkung. Ich sichere den Hinterausgang.«

Nehir schien besorgt. »Wie denn? Du hast doch keine Waffe.«

Schlotti lächelte grimmig. »Lass mich mal machen. Ich hab noch mehr auf Lager.« Damit rollte er los.

* * *

Träger ging rasch ans Fenster und schaute angestrengt nach draußen. Er konnte nichts Verdächtiges entdecken. Misstrauisch kontrollierte er Kuperys Fessel und setzte sich wieder hinter den Schreibtisch.

In Kuperys Kopf fuhren die Gedanken Karussell. Wie gerne hätte er jetzt einen guten Kaffee zubereitet, aber es musste auch ohne gehen. Er räusperte sich: »So weit scheint mir alles klar zu sein, Herr Träger. Sie haben mit Herrn Stolten eine ganz persönliche Rechnung zu begleichen. Ich vermute, dass es Ihnen ein Leichtes war, hier auch nach Ihrem Rauswurf ein- und auszugehen. Man hat es bestimmt versäumt, sich von Ihnen alle Schlüssel zur Firma aushändigen zu lassen.«

Träger lächelte schmal. »Der ach so schlaue Herr Stolten junior hat das noch nicht einmal überprüft.«

Kupery folgte seiner Intuition und fragte ins Blaue hinein:« Aber warum musste Simone Schreiber sterben?«

In Trägers Blicken lag so etwas wie Anerkennung. »Oho. Der Herr Detektiv hat ja doch etwas herausbekommen. Sie war zur falschen Zeit am falschen Ort. Es tut mir fast ein wenig leid um sie. Das hätte auch nicht passieren müssen.«

Kupery fuhr auf, und heftiger als beabsichtigt entgegnete er: »Nun machen Sie mal einen Punkt, Herr Träger. Das Mitleid nimmt Ihnen doch keiner ab.«

Trägers Stimme verriet jetzt Unmut. »Was treibt die sich auch mitten in der Nacht in der Firma herum? Sie hat mich hier erwischt, als ich ...«

Er stoppte abrupt, schüttelte den Kopf und lächelte. Nein, er wollte doch nicht alle Trümpfe ausspielen.

Doch Kupery vollendete seinen Satz: »... als Sie die Speicherkarte der Überwachungskamera austauschen wollten.«

»Oh Mann!« Träger schlug mit der Hand auf den Schreibtisch. »Sind Sie gut, Mann. Haben Sie die Kamera gleich entdeckt?«

»Nein.« Kupery schaute zu Michael Stolten. Er brauchte wohl keine Rücksicht zu nehmen. »Nein, ich habe heute erst das kleine Video gesehen, dass Sie an Frau Stolten geschickt haben. Da konnte ich eins und eins zusammenzählen. Für eine Funkkamera sind Sie zu clever, das Signal hätte man durch einen blöden Zufall entdecken können. Also musste ein Speichermedium eingesetzt werden. Ich vermute, eine Mini-SD-Karte?«

Träger applaudierte und wies auf Michael Stolten. »Ich bin gespannt, wie Ihre Frau zu dem Video steht.«

Der Angesprochene war in sich zusammengesunken. Träger war aufgestanden und ging zur Bürotür, über der das Haupt des mächtigen Keilers thronte. Er griff in das weit geöffnete Maul und zog einen circa daumengroßen, schwarzen Gegenstand heraus.

»Ein Wunderwerk der Technik«, präsentierte er stolz. »Reagiert auf Geräusche und nimmt alles auf, was gesprochen wird, und macht tolle Videoaufnahmen. Der Akku hält tagelang und die Speicherkarte ist rasch zu wechseln.« Er sprach jetzt Michael Stolten direkt an. »All die interessanten Gespräche mit Ihrem Fahrer, die Telefonate mit den Abnehmern der Zigaretten und Ihr demütiges Flehen um Zahlungsaufschub bei den Kreditgebern. Ich habe das alles gesehen und gehört.«

In Kupery nagte es weiter. »War es eigentlich von Anfang an Ihr Ziel, Michael Stolten und die Firma zu vernichten?«

Träger sah ihn verständnislos an. »Nein, wie kommen Sie denn darauf? Bei der Firma brauchte ich doch nur zuzusehen, wie er sie in den Ruin trieb. Er sollte aber mit der Firma alles andere auch verlieren. Kein Stolten sollte jemals wieder ungestraft davonkommen!«

Kupery runzelte die Stirn. »Aber wofür haben Sie sich dann die Pistole besorgt? Sie haben ihn doch dort, wo Sie ihn haben wollen. Am Boden zerstört.«

Träger nahm die Pistole in die Hand und schaute sie versonnen an.

»Ja, die Pistole. Sie lag all die Jahre hier im Archiv, ganz hinten im Stahlschrank. Der alte Stolten hat sie mit aus dem Krieg gebracht. Ich habe sie in der Nacht geholt, mit der passenden Munition. War noch ganz gut in Schuss. Habe sie auch nur einmal ausprobiert …« Er stand jetzt vor Karin Stolten. »Hat Sie ganz schön erschreckt, was?«, grinste er sie an. »Sie sind so schön in den Pferdehänger gerauscht. Wirklich filmreif!«

Karin Stolten wurde kreidebleich. Erst jetzt, so hatte es den Anschein, wurde ihr bewusst, in welcher Gefahr sie schwebte. Dass sie in den Fängen eines Mannes war, der zu allem bereit schien.

Kupery mochte es gar nicht, wie Träger mit der Pistole hantierte. Er hoffte inständig, keiner Halluzination aufgesessen zu sein, als er vorhin ein Gesicht im Fenster gesehen hatte. Wo blieb die Kavallerie?

\* \* \*

Schlotti fuhr durch das weit offen stehende Tor auf den Hof des Betriebsgeländes. Aus seiner sitzenden Position konnte er auf keinen Fall in die Büroräume schauen. Er fuhr rasch an den beiden hohen Rolltoren vorbei und erreicht am Ende des Gebäudes eine Stahltür. Ohne viel Hoffnung drückte er die Klinke und zog. Wider Erwarten konnte er die Tür aufziehen. Langsam, jedes Geräusch vermeidend, zog er sie so weit auf, dass er hindurchfahren konnte.

Die Halle war fast leer. Durch ein paar Oberlichter drang diffuses Licht ein und erleichterte ihm die Orientierung. Mit den dicken Gummireifen an seinem Rolli erzeugte er so gut wie keine Geräusche. Er näherte sich der Tür, die in den Bürotrakt führen musste. Er sah sich um. Zu seiner Rechten lehnten mehrere Gerätschaften an der Wand. Er entschied sich für eine stabile, circa einen Meter lange Vierkantstange aus Edelstahl.

* * *

Los, rede weiter, dachte Kupery und überlegte noch, wie er Träger wieder ins Gespräch holen konnte. War Träger auch verantwortlich für den Tod von Florian Stolten? Nichts erschien ihm jetzt noch abwegig.

Träger legte die Pistole zurück auf den Schreibtisch und faltete die Hände zusammen.

»Wissen Sie, auch ich hatte mal eine Familie. Wir waren nicht reich, aber glücklich. Es war alles gut bis zu dem Tag, an dem die Familie Stolten meine Familie zerstörte.«

Michael und Karin Stolten stöhnten empört auf, aber Träger winkte nur ab.

»Ich hatte eine Tochter, Melanie, ein hübsches Ding. Na ja, eigentlich war sie die Tochter meiner Frau aus erster Ehe. Aber ich habe sie großgezogen, war ihr Vater. Bis sie eines Abends nicht nach Hause kam. Es war die Hölle für mich und meine Frau, diese Ungewissheit. Dann am darauffolgenden Montag wurde sie gefunden, verschüttet unter Tonnen von Sand. Feiern war sie mit anderen Jugendlichen, oben an der Sandgrube. Natürlich war das verboten, aber alle haben es doch gemacht. Es sei ein Unglück gewesen, sagte die Polizei. Keiner der Jugendlichen hat es bemerkt oder gesehen. Da ist sie wohl abgerutscht, und die Sandmassen haben sie begraben.« Träger stockte.

In die Stille hinein sagte Kupery: »Das tut mir wirklich leid.«

»Daran ist meine Frau zerbrochen. Nur zwei Jahre nach dem Unfall starb auch sie – an gebrochenem Herzen.«

Fast sah es aus, als wollte Träger weinen. Dann fing er sich wieder. »Der alte Stolten hat sich um mich gekümmert. Hat mich sogar befördert!«

»Das war aber doch nett von ihm«, beeilte sich Kupery zu versichern.

»Nett? Später ist mir aufgegangen, dass es sich dabei wohl um eine Form von Wiedergutmachung gehandelt hat.«

Kupery konnte nicht folgen. »Wiedergutmachung? Wofür das denn?«

Träger fixierte irgendeinen Punkt in der Ferne, schüttelte sich kurz und war dann wieder präsent. »Es war am Todestag meiner Frau. Ich war wie immer auf dem Friedhof und habe nach den Gräbern meiner beiden Mädels geschaut. Am Grab von Melanie stand ein junger Mann und legte ihr eine Blume aufs Grab. Als ich ihn ansprach, stellte er sich mir als Tom Faltenmeier vor. Er war wohl ein Klassenkamerad von Melanie, und er fand sie immer so nett. Er erzählte mir, was am Unglücksabend geschehen ist. Tom wollte an diesem Abend gerne mit Melanie zusammen sein, aber Florian Stolten mischte sich immer ein und bedrängte meine Melanie. Die wollte aber von ihm nichts wissen, und Tom war schon zu betrunken, um Florian etwas entgegenzusetzen. Irgendwann beschloss Melanie zu gehen. Die beiden Jungs sind hinter ihr her. Florian hat dann Tom zurückgehalten und ihm gesagt, er solle zurück zu den anderen gehen. Das hat der dann auch gemacht. Später kam Florian zurück und hat geprahlt, wie toll es mit Melanie gewesen sei und dass sowieso kein Mädchen ihm widerstehen könne. Tom war enttäuscht von

Melanie und hat dann viel mehr getrunken, als für ihn gut war. Später bei der Befragung durch die Polizei konnte er sich nicht mehr an den Ablauf des Abends erinnern, und auch Florian Stolten gab lediglich an, zu betrunken gewesen zu sein, um irgendetwas mitbekommen zu haben. Der feine Herr Stolten war dann auch bald verschwunden nach Amerika, wie man hörte.«

Jetzt war es Karin Stolten, die versuchte, sich Gehör zu verschaffen.

Aber Träger und auch Kupery ignorierten sie.

Kupery fragte leise: »Und dafür musste Tom Faltenmeier sterben?«

»Na, eigentlich nicht. Aber einen Denkzettel hatte er doch verdient, nicht? Er hatte Melanie so schmählich im Stich gelassen. Er hätte ihren Tod verhindern können, wenn er nicht so feige gewesen wäre. Außerdem war er es doch, der sie auf diese Party mitgenommen hat. Oh ja, ich hätte ihn gern im Sand vergraben ... da verunglückt er vorher mit dem Rad.«

Kupery wurde wütend. »Sie haben ihm doch den dicken Ast in den Weg gelegt. Dabei haben Sie aber einen Fehler gemacht!«

Träger runzelte die Stirn. »Ast? Fehler? Was faseln Sie denn da, Herr Kupery? Ich hatte doch noch keine Gelegenheit gehabt, mich um ihn zu kümmern.«

Kupery war verwirrt. Träger genoss es doch, mit all seinen Taten zu prahlen. Nur dabei nicht? Er musste Zeit gewinnen, um seine Gedanken zu sortieren. Er schaute auf seine Mitgefangenen. Michael Stolten war in sich zusammengesunken. Karin Stolten dagegen schaute mit aufgerissenen Augen auf Kupery. Ihm schossen Bilder durch den Kopf, die Villa, das Gesicht hinter dem Fester, die Haushaltshilfe, der Garten.

Verwirrt schüttelte er den Kopf, sah auf Träger. Hätte es einen Sinn ergeben, dagegen zu argumentieren? Wahrscheinlich nicht. So fragte er lediglich: »Und Florian?«

»Das war viel schwieriger. Der kam ja kaum noch nach Hause. Bei ihm musste ich Geduld haben und warten. Ich wusste, irgendwann kommt er zurück, und dann würde meine Stunde kommen.«

Kupery schaute vor sich auf den Boden und schüttelte den Kopf. »Es will mir nicht einleuchten, was die beiden Jungs mit dem Tod Ihrer Tochter zu tun hatten. Die Polizei hat den Vorfall doch bestimmt genau untersucht.«

Jetzt wurde Träger laut. »Untersucht?«, schrie er förmlich. »Nichts haben die gemacht. Ein paar Gespräche mit den Nichtsnutzen, die sich alle an nichts erinnern konnten. So betrunken, wie die waren. Es wäre ein Unglücksfall gewesen und außerdem hätte sie sich ja dort gar nicht aufhalten dürfen. Nein, untersucht haben die gar nichts. Das hat meiner Frau das Herz gebrochen.« Seine Stimme wechselte unvermittelt in einen weinerlichen Klang. »Ich habe das all die Jahre in mich hineingefressen.« Plötzlich richtete er sich auf und erklärte: »Bis dieser Junge mir auf dem Friedhof erzählte, wie es passierte. Da wusste ich, dass nun meine Zeit der Rache gekommen war.« Träger blickte sich triumphierend um, doch niemand zollte ihm Beifall. »Er war ja so ein Schwächling! Er sollte Sand schlucken wie meine Melanie, aber er war schon tot, als ich ihn aus dem Kofferraum zog. Ich weiß ja nicht, was der Schnösel so alles getrunken und eingeworfen hatte. Mein Elektroschocker sollte ihn doch nur betäuben. Nun, dann habe ich ihn eben einfach so entsorgt. Hätte nicht gedacht, dass er im Wald so schnell gefunden wird.«

Kupery wollte das nicht einleuchten. »Was sollte denn da noch der Anschlag auf Frau Stolten?«

Träger musste grinsen. »Sie war schon immer die treibende Kraft, die ihren Sohn aus der Schusslinie brachte.«

Kupery versuchte aufzustehen, doch sofort wurde die Pistole auf ihn gerichtet. »Mensch Träger, Sie haben für all das überhaupt keine Beweise! Niemand kann sagen, wie Ihre Tochter in der Sandgrube verunglückte. Den Einzigen, der dazu etwas hätte sagen können, haben Sie umgebracht!«

Träger fauchte ihn an: »Ich brauche keine Beweise. Die Polizei hat nichts untersucht, und wenn doch, hätten sich die Stoltens mit ihrem Geld aus allen Vorwürfen herausgekauft.« Er richtete sich im Sessel etwas auf. »Ich werde Ihnen sagen, was passieren wird. Ich schiebe alles Michael in die Schuhe. Er tötete Florian und seine Stiefmutter, weil er das ganze Erbe will. Er hat doch auch Simone Schreiber umgebracht, weil die ihn erpressen wollte.« Träger zeigte mit dem Pistolenlauf auf Karin Stolten. Dann drehte er sich leicht im Sessel. Jetzt zeigte der Pistolenlauf auf Kupery. »Dann muss er noch den neugierigen Buchhändler erschießen, weil der ihm auf die Schliche gekommen ist, und zum Schluss ...« Die Pistole zeigte auf Michael Stolten. »... bleibt ihm nichts mehr übrig, als sich selbst zu erschießen.«

* * *

Schlotti hatte sich leise in den Bereich des Empfangs gerollt. Er konnte Nehir nicht entdecken, die doch längst vor der Eingangstüre stehen sollte. Er überlegte kurz, ob er es wagen konnte, zur Tür zu rollen und draußen nachzuschauen. Entschied sich dann aber dagegen. Es schien Eile geboten zu sein. Stattdessen rollte er sachte im Gang zur Bürotür, vorbei an der Vitrine mit den Ausstellungsexponaten. Er brachte sich neben der Tür in Stellung, dann stieß er mit der Stahlstange einmal kräftig in die Vitrine. Mit ohrenbetäubendem Lärm zerbrach die große Schreibe.

Träger schreckte hoch, die Köpfe der Gefesselten fuhren herum zu Tür.

»Keiner bewegt sich!«, befahl er unsinnigerweise, trat rasch um den Schreibtisch und ging langsam zur Bürotür.

Schlotti hielt die Stange nun wie ein japanischer Schwertkämpfer hoch, bereit, sie schmetternd auf den ersten Kopf donnern zu lassen, der sich zeigte. Mit grimmiger Genugtuung sah er, dass der Mann so dämlich war, die Pistole am lang ausgestreckten Arm durch die Tür zu stecken.

Kurz bevor das Gesicht des Mannes sichtbar wurde, ließ Schlotti die Stange auf den Unterarm mit der Pistole krachen. Träger schrie schmerzerfüllt auf. Der Arm war sofort gebrochen, knapp unterhalb des Ellbogens hing er seltsam verdreht nach unten. Die Pistole polterte schwer auf den Boden. Gefangen in seiner Bewegung machte Träger noch zwei Schritte aus dem Büro. Schlotti fuhr ihn einfach um, umschlang mit seinen starken Armen den Oberkörper, und beide landeten unsanft auf dem Boden. Es bereitete Schlotti keine Mühe, Träger mit seinem Körpergewicht zu fixieren.

Nehir tauchte in der Eingangstür auf, schaute kurz auf die Szene und eilte zur Hilfe. Jetzt war es an ihr, Träger die Arme ohne Rücksicht auf dessen Schmerzen auf den Rücken zu ziehen und zu fesseln. Dann half sie Schlotti geschickt zurück in seinen Rollstuhl.

»Wo warst du denn?« Aufgebracht fuhr Schlotti seine Exkollegin an. Noch pulsierte zu viel Adrenalin durch seine Adern.

»Verstärkung holen! Mein Handy lag noch im Auto. Konntest du denn nicht warten?« Auch sie stand noch unter Spannung – und beide fixierten sich mit den Augen. Es knisterte, bis Kupery auf sich aufmerksam machte. Sie banden ihn los, nicht ohne dass er sich eine Standpauke von beiden gefallen lassen musste. Wie er nur auf die dumme Idee kommen könne, zu so einem Treffen ohne Begleitung zu fahren, und überhaupt sei die Polizei dafür verantwortlich. Die beiden hörten erst auf, als Kupery sie auf die weiteren Gefesselten hinwies.

Er wandte sich an die Kommissarin: »Ich habe hier etwas für Sie.« Umständlich kramte er ein kleines, digitales Aufzeichnungsgerät aus seiner Weste. »Außerdem empfehle ich ein ausführliches Gespräch mit Frau Stolten. Fragen Sie sie, wo sie am frühen Freitagmorgen war. Und prüfen Sie, ob nicht der Ast als Auslöser des Fahrradunfalls zu dem Holzstapel neben der Garage ihrer Villa passt. Auch dürfte interessant sein zu erfahren, welches Gespräch Frau Stolten ein paar Tage zuvor mit dem Verunglückten führte.« Er sah auf Karin Stolten, die noch immer auf dem Boden saß. »In einem Birkenwäldchen den Ast einer Buche zu verwenden, kann man machen. Fällt aber auf.«

Mercan stand vor ihnen und besah sich die Klebebänder. »Wie hätten Sie es denn gerne? Schön langsam, damit es richtig wehtut? Oder lieber in einem Rutsch? Tut auch weh, aber nicht so lange.«

* * *

Später am Abend saßen sie alle um den großen Tisch in der ›Klappe‹. Kupery hatte kurzerhand seine Frau abgeholt und sich geweigert, ihr von den Vorkommnissen zu erzählen. Er erwartete nicht zu Unrecht ein gewaltiges Donnerwetter und wollte ihr ohne Unterstützung seiner Freunde nichts erzählen. Schlotti hatte währenddessen Jens Pölter, den Trapper, angerufen und ihn eingeladen. So saßen sie zusammen, und auch Mira gesellte sich noch zu ihnen. Sie wusste zu berichten, dass der Transporter völlig ausgebrannt auf einem abgelegenen Parkplatz aufgefunden worden war. Von den beiden Männern, die sie kontrolliert hatte, fehlte jede Spur. Es wurde vermutet, dass die sich ins Ausland abgesetzt hatten. Schlotti sagte dazu nur grimmig, dass dies auch besser für die beiden sei. Sie rätselten, wer Schlotti entführen und Kupery verfolgen ließ. Es sprach einiges dafür, dass Michael Stolten der Auftraggeber war. Aber sicher konnte das keiner sagen. Da gab es ja auch noch den Bauunternehmer aus Detmold.

»Und das mir keiner vergisst, dass wir da noch einen Erben haben. Auch wenn dieser sich immer noch nicht ermitteln ließ«, dozierte Kupery. Sein Handy brummte in der Hosentasche, eine SMS war eingegangen. Er würde später nachschauen.

Schlotti musste noch einmal erzählen, wie ihn das Ochsenkalb wachgeküsst hatte. Die Anspannung war von allen gewichen, sie konnten wieder lachen – und das war gut so.

Kommissarin Mercan berichtete, dass Walter Träger in U-Haft saß und weitgehend geständig war. Die Emittlungen gegen Karin Stolten liefen noch. Es sei schwierig, ihr den Anschlag auf den Fahrradfahrer nachzuweisen. Michael Stolten war bei seiner Familie, musste sich aber wegen des Verdachtes auf Insolvenzverschleppung rechtfertigen. Den Zigarettenschmuggel schob er allein auf seinen Fahrer. Der jedoch war mitsamt der Ladung und dem Lkw irgendwo in Polen verschwunden.

Als sie aufbrachen, fragte Nehir Schlotti, ob sie ihm helfen solle auf seinem Heimweg. Schlotti brummte wieder sein »Ich schaff das schon. Bin doch nicht …«. Weiter kam er nicht, denn Mira baute sich vor ihm auf.

»So, Paps, du lässt dir jetzt helfen. Ich dulde keinen Widerspruch. Nehir bringt dich jetzt nach Hause. Und ihr beiden benehmt euch. Tut nichts, was ich nicht auch tun würde.«

Schlotti und Nehir starrten sie mit offenen Mündern an.

Nur Kupery und seine Frau sahen das verschmitzte Grinsen in Miras Gesicht.

Susanne hängte sich bei ihrem Christian ein. »Du kommst jetzt mit mir nach Hause!«

Kupery warf einen Blick auf sein Handy. Die Nachricht war kurz und schien ihm zu gefallen.

Susanne sagte versonnen: »Wie schön, dass diese aufregende Angelegenheit für dich erledigt ist. Meinst du, der unbekannte Erbe wird irgendwann gefunden?«

Kupery brummte »Wer weiß, wer weiß!« in seinen nicht vorhandenen Bart.

# EPILOG

Es war an einem Sonntag im Oktober. Die Herbstsonne legte sich noch einmal kräftig ins Zeug und ließ die bunte Farbenpracht der Bäume im Teutoburger Wald leuchten. Maria Stolten war aus Hamburg angereist und hatte sich im alten Gasthof einquartiert. Sie hatte sich mit ihrer Tochter Tanja zum Frühstück verabredet. Die beiden Frauen genossen die gemeinsame Zeit und beschlossen, noch einen ausgedehnten Spaziergang durch die alte Heimat zu unternehmen.

Sie parkten ihr Auto am Archäologischen Freilichtmuseum und gingen den Wanderweg, der sie oberhalb des Holzheizkraftwerkes und der Sandgrube auf die Ochsentour und den Eidechsenpfad führte. Sie begegneten nicht mehr vielen Spaziergängern und Wanderern. Eine alte, aber gepflegte Holzbank lud zur Rast ein, und sie erfreuten sich an der weiten Sicht hinüber zum Segelflugplatz und weiter in die Senne. Ab und zu rauschte fast lautlos ein Segelflieger im Landeanflug über ihre Köpfe.

Die Mutter sah ihre Tochter an.

»Wie geht es nun mit dir weiter?«

Tanja berichtete ihr fast schon euphorisch von ihrer neuen Aufgabe, die sie bei einer Medienagentur in

Düsseldorf übernehmen würde. Erst am Vortag hatte sie die Zusage für eine kleine, bezahlbare Wohnung in guter Entfernung zur Arbeitsstätte erhalten. Sie wirkte zufrieden, auch wenn sie den Schock über die Machenschaften ihres Bruders noch verdauen musste. Von der erwarteten großen Erbschaft würde vermutlich nicht viel übrig bleiben. Sie war dem Ratschlag von Freunden gefolgt und ließ sich nun in dieser Angelegenheit anwaltlich vertreten.

»Weißt du«, schloss sie ihre Ausführungen, »ich bin noch dermaßen von Michael enttäuscht und kann einfach kein Mitleid für ihn empfinden. Er hat alles verspielt und verloren. Die Firma, seine Familie, sein Ansehen. Gott sei Dank ist er kein Mörder geworden. Aber all das andere, was er gemacht hat, hat der liebe Gott doch auch verboten.« Sie trat zornig nach einem Kieselstein zu ihren Füßen.

Ihre Mutter legte behutsam eine Hand auf ihren Arm. »Lass mal gut sein, Kind.«

Tanja atmete tief aus. Dann sagte sie ruhiger: »Gut, dass Vater das nicht mehr erleben musste.«

Aus dem Augenwinkel bemerkte sie das feine Lächeln ihrer Mutter.

»Nun, ein Heiliger war dein Vater auch nicht gerade.«

»Weiß Gott nicht.« Jetzt musste auch Tanja lächeln. »Den unbekannten Bruder hat er uns lange genug unterschlagen. Man hat ihn ja bis heute nicht gefunden.«

Sie zuckten beide heftig zusammen, als hinter ihnen eine sonore Stimme verkündete. »Man wird ihn auch nicht finden!«

Der Mann stand mit der Sonne im Rücken zu ihnen, sodass sie heftig blinzeln mussten.

Er trat rasch vor und entschuldigte sich sofort. »Pardon, aber ich habe zufällig Ihre letzten Sätze hören können.«

Tanja sah den erstaunten Blick ihrer Mutter und begrüßte den Mann freundlich. »Guten Tag, Herr Kupery. Sie kennen meine Mutter noch nicht persönlich, nicht wahr?«

Kupery deutete eine Verbeugung an. »Das stimmt, wir hatten bislang nur telefonisch das Vergnügen.«

Bevor sie das Gespräch fortsetzen konnten, quetschte sich unter der Bank ein hellbraunes Fellknäuel durch und beschnüffelte die beiden Frauen, bevor Kupery das Halsband greifen und den Hund an die Leine nehmen konnte.

»Ja, wer bist du denn?«, fragte Maria Stolten.

»Das ist Penelope von den Sonnenküsten Kretas. Sie dürfen Penny zu ihr sagen«, erklärte Kupery. »Meine Frau fand, ich müsste häufiger an die frische Luft, und der Hund soll verhindern, dass ich mich davor drücke.«

Die beiden Frauen schauten interessiert auf Kupery. Maria nahm das Gespräch wieder auf. »Und warum glauben Sie, dass der unbekannte Bruder nicht gefunden wird?«

Kupery lächelte sie an. »Sehen Sie, Frau Stolten, Sie sind in der Tat eine charmante und attraktive Frau, die nur einen Fehler hat.«

Beide Frauen sahen ihn erwartungsvoll an.

»Sie lügen mitunter.«

Maria lächelte immer noch.

»So? Wobei denn?«

»Na ja, bei unserem Telefonat zum Beispiel. Wissen Sie, die Welt ist klein, und ich habe gute Bekannte auch in Wiesbaden. Einer davon ist einmal in die Emser Straße gegangen. Nette Leute wohnen da. Vor allem die nette alte Dame im Erdgeschoss konnte sich gut an die attraktive Dame erinnern, die dann nach Hamburg verzogen ist. Auch kannte die alte Dame einen Tobias. Das war aber kein Sohn der Stewardess, sondern das erste Kind der Krauses aus dem zweiten Stock.« Kupery schwieg und schaute Maria Stolten auffordernd an.

Auch Tanja blickte jetzt mit großen, fragenden Augen in ihre Richtung.

»Eigentlich wollte ich es niemandem erzählen. Aber jetzt ist es wohl egal.« Sie suchte die Hand ihrer Tochter und hielt sie fest. Dann räusperte sie sich und begann zu erzählen. »Die Ehe mit deinem Vater war schon bald nach deiner Geburt gescheitert. Er war entweder mit seiner Firma oder mit seinen Affären beschäftigt. Aber wir hatten einen Ruf zu wahren. Das ließ keine Scheidung zu, nach außen mussten wir immer das glückliche Ehepaar spielen, aber darüber hinaus ließ jeder den anderen leben. Es war kurz nach deinem siebzehnten Geburtstag, als alles in mir zusammenbrach. Dein Vater hatte es zu weit getrieben. Ich bekam es immer deutlicher zu spüren, dass hinter meinem Rücken über mich getuschelt wurde. Das Mitleid und Gerede der anderen Frauen war das Schlimmste. Ich konnte und wollte nicht mehr und habe kurzerhand meine Sachen gepackt. Ich weiß, dass ich dir damit damals sehr wehgetan habe.«

Tanja nickte nur. Bis hierhin kannte sie die Geschichte – und ja, sie war damals sehr von Ihrer Mutter enttäuscht gewesen. Heute aber schwieg sie dazu. Da würde jetzt noch mehr kommen.

»Ich bin dann erst einmal nach Wiesbaden gegangen. Meine alte Schulfreundin Barbara bot mir Unterschlupf. Sie war Flugbegleiterin und häufig nicht zu Hause. Für sie war es von Vorteil, dass ich in ihrer Abwesenheit auf ihre Wohnung aufpassen konnte. Nun, irgendwie wollte sie wohl auch ihr schlechtes Gewissen beruhigen. Denn sie gestand mir, dass sie erst wenige Monate zuvor bei einem Besuch in Oerlinghausen auf deinen Vater getroffen war. Wie klein die Welt doch ist. Dein alter Herr sah es wohl als sportliche Herausforderung an, sie zu verführen. Was ihm dann auch gelang. Jetzt tat ihr das entsetzlich leid. Na ja. Ich durfte also bei ihr wohnen und fand auch bald eine Stelle als Sekretärin in einer Bank. Kurze Zeit später zog Barbara mit ihrem neuen Partner nach Südamerika. Die Wohnung wollte sie aber nicht aufgeben. Seit damals kümmere ich mich um ihr Eigentum in Wiesbaden.«

Penny hatte sich zwischenzeitlich in den Schatten unter die Bank verkrochen. Maria kramte in ihrer großen Tasche und entnahm ihr eine kleine Flasche Mineralwasser, trank ein paar Schlucke und bot sie dann ihrer Tochter an. Die lehnte dankend ab. »Und weiter?«

»Ein paar Wochen später bekam die Nachbarin im Hause ihr Baby. Einen süßen Jungen, mit ganz vielen Haaren. Ich habe ein paar Fotos von dem süßen Fratz gemacht. Und dann ritt mich der Teufel: Ich sandte ein

Foto an deinen Vater mit einer kurzen Notiz. Er sei Vater geworden, sein Sohn heiße Tobias und er solle sich keine Sorgen machen und Unterhalt müsse er auch nicht zahlen. Absender Barbara Müller.«

Erstaunt sah Tanja ihre Mutter an. »Und das hat er geschluckt?«

Wieder musste Maria lächeln. »Mehr als das. Kurze Zeit später kam ein handgeschriebener Brief, aus dem ein Scheck flatterte. Nicht übertrieben hoch ausgestellt, aber doch so, dass ich ihn als kleine Wiedergutmachung für erlittenes Ungemach vereinnahmte.«

Tanja war zunächst sprachlos, fand sich aber schnell wieder. »Sonst nichts? Kein Wunsch, das Kind kennenzulernen? Keine Treffen oder so?«

»Du kanntest doch deinen Vater. Mit Kindern hatte er es nie so. Nein, der Herr zahlte diskret und hielt sich ansonsten raus. Erst wollte ich es auf die Spitze treiben und doch einen monatlichen Unterhalt einfordern. Aber nein, nur ab und zu, bei besonderen Gelegenheiten schickte ich ihm ein Foto. Zur Einschulung zum Beispiel ein Klassenfoto.« Sie lachte lauf auf. »Er hätte nie sagen können, wer denn da auf dem Foto sein Sohn war. Er sandte einfach nur wieder einen Scheck mit den besten Wünschen für das Schulleben.« Sie schaute versonnen erst zu ihrer Tochter, dann zu Kupery. »Ich habe dann keine weiteren Fotos geschickt.«

Kupery nickte zufrieden, denn nun war das Puzzle für ihn komplett. So hatte er es auch schon dem Notar Schreiber erzählt, der mit einer ganzen Kiste Primitivo di Manduria in sein Büro gekommen war.

Er zog an der Hundeleine.

»Komm, Penny, wir wünschen den Damen einen schönen Tag.«

Er wandte sich noch einmal an Tanja Stolten. »Wie gesagt, man wird ihn nie finden!«

## ENDE

Joachim H. Peters

## ON THE ROAD TO DINGSBUMS

Taschenbuch, 312 Seiten
ISBN 978-3-95441-698-1
15,00 EURO

### Gauner, Rentner und ein Hund ...
**Ein mordsmäßig abgefahrener Road-Trip Ü70**

Für Mischa wird es eng, denn der Boss einer Spielhallenkette hat ihm zwei Geldeintreiber auf den Hals gehetzt. Ein alter VW-Bus, der mit laufendem Motor vor dem Seniorenheim in Bielefeld steht, ist seine einzige Chance. Mischa rast los ...

... und merkt zu spät, dass die Altenpflegerin Alina sowie sechs Senioren mit an Bord sind, die zu einer Reise nach Brandenburg aufbrechen wollten: ein Buchhändler, eine Ärztin, ein Oberfinanzsekretär, eine Autohausbesitzerin, ein Amtsrichter und die Schauspielerin Lucy, die sich für einen internationalen Filmstar hält und am liebsten Sterbeszenen spielt.

Mischa gibt sich als Fahrer aus, und seine Passagiere ahnen nichts von den Verfolgern. Und auch nicht, dass der Betreiber des Seniorenheims bankrott ist und sie in Wirklichkeit nach Polen abschieben will. Als wäre das alles nicht schon kompliziert genug, schleppt Lucy auch noch einen ausgesetzten Hund an. Unterwegs lauern Gefahren und Glücksmomente, Autopannen und Abschiede. Für alle wird es die abenteuerlichste Reise ihres langen Lebens.

*»Ein Roman voll Herz und Hoffnung! Manchmal sind die besten Geschichten jene, die unser Herz berühren, unsere Hoffnung nähren und uns bis zur letzten Seite in Spannung halten.«*

*(Sky du Mont, Schauspieler und Autor)*

Jörg Czyborra

## SENNEWÖLFE

Taschenbuch, 248 Seiten
ISBN 978-3-95441-699-8
14,00 EURO

**»Die Stärke des Wolfs liegt im Rudel«**
**(Rudyard Kipling)**

Wölfe streifen durch die Senne. Wie Schatten aus längst vergangenen Tagen wandern sie durch das Gebiet, das schon zu Kaisers Zeiten als Truppenübungsplatz diente. Nur selten erblickt ein Mensch die scheuen Tiere.

Sie stellen keine Gefahr dar. Im Gegensatz zu den Wölfen auf zwei Beinen. Diese bereiten sich hier auf den Tag vor, an dem ihre Reichsfantasien endlich das ganze Land zu alter Größe erwachen lassen sollen. Sie trainieren hart, üben sich an Waffen und dulden keine Schwachen in ihren Reihen.
Als ein junger Mann tot am Rande des Übungsplatzes aufgefunden wird, gerät Kuperys Freund, der Trapper, ins Visier der Ermittler. Er setzt sich ab und verstärkt dadurch den Eindruck, für die Tat verantwortlich zu sein. Nur Kupery glaubt seinen Unschuldsbeteuerungen. Und geht auf die Jagd.

*»Mit schwarzem Humor (…) kurzweilig und unterhaltsam.«*
*(Neue Westfälische zu »Ochsentour«)*

KRIMINALROMAN